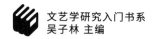

文艺学研究入门书系
吴子林 主编

国家社科基金项目"艺术叙事学研究"（24VRC077)的阶段性研究成果

NARRATOLOGY
OF ARTS

艺术叙事学

龙迪勇◎著

浙江工商大学出版社 | 杭州
ZHEJIANG GONGSHANG UNIVERSITY PRESS

图书在版编目（CIP）数据

艺术叙事学 / 龙迪勇著. -- 杭州 : 浙江工商大学
出版社，2025. 5. --（文艺学研究入门书系 / 吴子林
主编）. -- ISBN 978-7-5178-6378-6

Ⅰ. I0

中国国家版本馆 CIP 数据核字第 20254Q3A94 号

艺术叙事学
YISHU XUSHI XUE

龙迪勇 著

出 品 人	郑英龙
策　　划	任晓燕　陈丽霞
责任编辑	王　英
责任校对	李远东
封面设计	朱嘉怡
责任印制	屈　皓
出版发行	浙江工商大学出版社
	（杭州市教工路 198 号　邮政编码 310012）
	（E-mail：zjgsupress@163.com）
	（网址：http://www.zjgsupress.com）
	电话：0571-88904980，88831806（传真）
排　　版	杭州浙信文化传播有限公司
印　　刷	杭州高腾印务有限公司
开　　本	880 mm × 1230 mm　1/32
印　　张	8
字　　数	145 千
版 印 次	2025 年 5 月第 1 版　2025 年 5 月第 1 次印刷
书　　号	ISBN 978-7-5178-6378-6
定　　价	40.00 元

总　序

主编这套书系的动机十分朴素。

文艺学在文学研究中一直居于领军地位，对于文学研究的各个领域有着重要的方法论意义。然而，真正了解文艺学研究现状及其态势者并不多。出于实用主义的考虑，大多数文学专业的本科生、研究生并未能较为深入地理解和把握"批评的武器"。为了满足广大文学爱好者、研究者的理论需求，我们组织编写了这套"文艺学研究入门书系"。

"文艺学研究入门书系"共10本，分别是《马克思主义文学理论》《文学基本理论》《中国古代文论》《西方文论》《比较诗学》《文艺美学》《艺术叙事学》《网络文学》《媒介文化》《文化研究》。这套书系的作者都是学界的中坚力量，他们在各自的领域深耕细作数十年，对其中的基本概念、范畴、命题，以及研究论题、研究路径、发展方向等都了如指掌，并有自己独到的见地。

"文艺学研究入门书系"旨在提供一个开放的思想/理论空间，每本书都在各章精心设计了"研讨专题"，还有相关的"拓展研读",以备文学爱好者、研究者进一步阅读、探究之需,以期激活、提升其批判性的理论思维能力。

"文艺学研究入门书系"重视理论的指导性与实践性,在叙述上力求简明扼要、深入浅出,努力倡导一种学术性的理论对话,在阐释各种理论的过程中,凸显自己的"独得之秘"。

我希望"文艺学研究入门书系"的编写、出版对广大文学爱好者、研究者有所助益。让我们以昂扬奋发的姿态投身于这个沸腾的时代,用自己的双手和才智开创文艺学研究的美好未来。

是为序。

吴子林

2024 年 5 月 22 日于北京不厌居

目 录 //Contents

第一章

/Chapter 1/

艺术叙事学及其基本问题

　　作为社会、文化、精神和历史中的人，我们每天都生活在各类现实事件或虚构故事的包围之中，我们每天都生产或消费很多题材各异、千姿百态的故事。故事丰富了我们的生活，构筑了我们的人生，也塑造、成就了我们自身。故事当然不会自动展示，而是需要叙述者通过一种或几种表达媒介呈现给我们；可以用来讲述故事的媒介则可谓多种多样，而绝不限于我们习以为常的各类语词作品，绘画、雕塑、电影、电视、视频、招贴、戏剧、舞蹈、音乐等艺术作品亦是各种故事的重要载体。本书第一章旨在通过描述艺术叙事领域的基本研究状况，论述建构一门新学科即艺术叙事学的必要性和可能性，并大体勾勒出这门新学科的基本轮廓和研究领域；而要论述艺术叙事学的建构，我们首先必须了解作为一门学科的叙事学的历史与现状。

第一节 ⋮
叙事学的历史与现状 •

　　作为一种人类与生俱来的基本的人性冲动，叙事本质上是一种跨文化、跨媒介、跨学科的重要现象，因此按照其学术规律和学科逻辑，叙事学本质上应该是一门研究历史上和现实中运用各类叙事媒介讲述故事的学问，其研究对象应该涵括文学、艺术乃至其他学科中一切具有叙事性质或叙事元素的作品。但事实上，由于种种原因，"经典叙事学"在学科发展的历史过程中被研究者有意无意地窄化成了文学叙事学，甚至被直接简化成了小说叙事学。这当然不符合叙事学这门综合性学科的发展要求，也背离了叙事学创立者的初衷。

　　叙事学是一门年轻的学科，20世纪60年代中期才在法国正式诞生。在创立之初，叙事学的先驱者们倒是清醒地认识到了叙事媒介的多样性与丰富性，其范围绝非仅限于语言文字。在《叙事作品结构分析导论》一文中，作为叙事学重要创始人之一的罗兰·巴特（又译作"罗兰·巴尔特"）曾经这样写道："世界上叙事作品之多，不计其数；种类浩繁，题材各异。对人类来说，似乎任何材料都适宜于叙事：叙事承载物可以是口头或书面的有声语言、是固定的或活动的画面、是手势，以及所有这些材料的有机混合；叙事遍布于神话、传说、寓言、民间故事、小说、史诗、历史、悲剧、正剧、喜剧、哑剧、绘画（请想一想卡帕齐奥的《圣于絮尔》那幅画）、彩绘玻璃窗、电影、连环画、社会杂闻、会话。而且，以这些无限的形式出现的叙事遍存于一切时代、一切地方、一切社会。"[①] 从这段经常被学者们引用的文字中不难看出，巴特心目中叙事学的问题域绝不仅限于文学，而是涵括艺术在内的一切叙事作品。此外，叙事学的另一位缔造者克劳德·布雷蒙在论及"故事"这一叙事要素时，亦曾表述过建构跨学科、跨媒介的叙事学的意图："它（故事）只是独立于其所伴生的技术。它可以从一种媒介转换到另一种媒介，而不失落其基本特质：一个故事的主题可以成为一部芭蕾剧的情节，一部长篇小说的主题可以转换到舞台或者银幕上去，我们可以用文字向没有看过影片的人讲述影片。我们所读到的是文字，看到的是画面，辨识出的是形体姿态。但通过文字、画面和姿态，我们追踪的却是故事，而且这可以是同一个故事。而被叙述的对象则有其自身的意指因素，即故事因素：既不是文字，也不是画面，又不是姿态，而是由文字、

[①] 罗兰·巴特：《叙事作品结构分析导论》，张寅德译，载张寅德编选：《叙述学研究》，中国社会科学出版社 1989 年版，第 2 页。为规范表述，本书引文中的部分文字有改动。

画面所指示的事件、状态或行动。"① 也就是说，"故事"这一重要的叙事要素可以通过"文字""画面"或"姿态"等媒介表现出来，其表现形态当然不限于文学作品或语词作品，还包括舞蹈、戏剧、电影、绘画等艺术作品。

尽管巴特和布雷蒙两位学者的出发点和问题意识不一样，但他们对叙事媒介的多样性以及叙事学研究应该涵括文学和艺术等众多领域的看法并无二致。按照他们的设想或描述，叙事学的研究对象应该包括以各类表达媒介表征的一切带有"叙事性"的作品，正如张寅德所指出的，"叙述学研究的叙事作品泛指一切带有'叙事性'的作品。这种叙事作品可以用语言材料，包括书面语和口头语作载体，因而神话、民间故事和小说毫无疑问属此范围。但是这种叙事作品还包括用其他非语言的或和语言相结合的交际手段作载体的作品种类，如电影、连环画、广告等等。此外，在文学范围内，叙事学的研究对象打破体裁种类的局限，它不仅包括用散文写成的叙事作品，而且还包括诗歌（如史诗、寓言诗）和戏剧这些体裁，因为这些体裁同样蕴含着叙事成分。总之，所有这些叙事作品共同构成叙述学的对象，而叙述学的任务就

---

① 西摩·查特曼:《故事与话语——小说和电影的叙事结构》，徐强译，中国人民大学出版社 2013 年版，第 7 页。

在于从中找出一种叙述特征，建立一种抽象的理论模式"①。

　　然而，叙事学学科初创时期的理论主张和学科发展的实际情况并不完全相符。此后，我们实际看到的叙事学并没有罗兰·巴特等学科缔造者所设想的那种宏阔的理论气象，而是成为一门专门研究虚构作品文字性叙事的学问，就像美国学者玛丽-劳尔·瑞安所说的那样，"叙事学被其两位缔造者构想为一个超越学科与媒介的研究领域。孰料随后三十年却歧路徘徊：在热奈特的影响下，叙事学演化成了一个专究书面文学虚构的项目"②。这当然与叙事学倡导者们研究兴趣的转移有关，如在写出《叙事作品结构分析导论》一文之后，罗兰·巴特就几乎不再从事叙事学研究了，而叙事学的另一位主要奠基者茨维坦·托多罗夫也根本没有把主要兴趣放在叙事学上，而是将研究触角伸向了文学理论、思想史、艺术史以及文化研究等诸多领域。说起来颇具意味的是：原来压根就没有想过研究叙事学的热拉尔·热奈特，受罗兰·巴特之邀为 1966 年第 8 期《交流》杂志的叙事学专号③撰稿，他开始并不是太情愿地答应了下来，想不到此后居然一发而不可收，成为后来叙事学风貌的主要锻造者。正

---

① 张寅德：《编选者序》，载张寅德编选：《叙述学研究》，中国社会科学出版社 1989年版，第 6—7 页。为保证全书叙述的一致性，所引内容中的"叙述性"统一改为"叙事性"。
② 玛丽-劳尔·瑞安：《故事的变身》，张新军译，译林出版社 2014 年版，第 4 页。
③ 熟悉叙事学发展历史的人都知道，正是这一期《交流》杂志的叙事学专号，标志着作为学科的叙事学的正式诞生。

如瑞安所说，"热奈特津津乐道的一个故事是，受巴特之邀为该期杂志撰稿，正是这次勉励导致了他终身投入叙事研究"[①]。诚然，学者研究志趣的改变以及历史的偶然因素，是决定作为一门学科的叙事学面貌的重要因素；但更重要的一方面，恐怕还在于多媒介、跨媒介、跨学科叙事研究本身的难度，即从涉及语词、图像、音乐、舞蹈等各类叙事媒介和关涉多个学科的无数叙事作品中发现问题、找出规律，从而建构起具有普适性的叙事理论，这当然不是一件容易的事。

自 20 世纪 90 年代以来，情况开始逐渐发生变化。伴随着"后经典叙事学"兴起的浪潮，学者们对经典叙事学的局限性，以及叙事现象本身的跨学科、跨媒介特性，开始有了深刻的认识。就研究的实际情况而言，无论是中国还是西方，研究者对非语词（如图像、建筑、音乐、舞蹈等）叙事现象的关注度都大为提高，相关成果也在稳步增加。而且，伴随着互联网的发展和各类新兴媒介的出现，艺术媒介研究也迈上了一个新的高度。在这种情况下考虑艺术叙事学的建构可谓正当其时，它既可以为媒介研究、艺术研究拓展新的领域、增加新的维度，又可以促成一门新的分支学科的诞生，并把叙事学研究重新奠定在宏阔、丰富、深厚的学理基础之上。

而且，作为一种基本的精神文化活动，"叙事"并不仅

---

① 玛丽－劳尔·瑞安：《故事的变身》，张新军译，译林出版社 2014 年版，第 3 页。

仅限于文学和艺术，诸如历史学、新闻传播学、哲学、教育学、心理学、社会学等学科领域都存在着"叙事"现象。近年来，文学艺术之外的其他学科的研究者们也逐渐认识到了"叙事"的重要性，并开始运用叙事学的理论和方法去观察问题、解决问题。这种倾向甚至引发了不少学者所谓的人文社会科学研究的"叙事转向"，有一些和叙事现象密切相关的学科如历史学，还大体建构了历史叙事学这样的分支学科，国外相关著作有美国学者海登·怀特的《元史学：19 世纪欧洲的历史想象》《后现代历史叙事学》，国内的则有清华大学彭刚教授的《叙事的转向：当代西方史学理论的考察》等。

限于主题，对于其他学科中"叙事"现象的研究状况就不展开来说了，下面仅谈谈和艺术叙事学建构相关的情况。

第二节 ••••

门类艺术叙事学 •

　　从原则上讲，有多少门类艺术，就可以有多少门类艺术叙事学。但就每个门类艺术所特有的表达媒介而言，既有适合叙事的，也有不那么适合叙事的。因此，最好结合艺术媒介的特性来考察门类艺术叙事学的建构。

　　在《拉奥孔》一书中，莱辛根据表达媒介的不同特性，而把以画为代表的造型艺术称为空间艺术，把以诗为代表的文学作品称为时间艺术。据此，我们不妨把绘画、雕塑等图像类媒介称为"空间性媒介"，它们长于表现"在空间中并列的事物"；而把口语、文字和音符等媒介称为"时间性媒介"，它们长于表现"在时间中先后承续的事物"。也就是说，"诗"（时间艺术）因其媒介特性而适合叙事，"画"（空间艺术）则因其媒介特性（不适合表现时间进程）而不适合叙事。当然，莱辛也认识到，这只是就基本情况而言，绝不可绝对化，之所以如此，是因为"一切物体不仅在空间中存在，而且也在时间中存在"①。既然"画"作为空间艺术"也在时间中存在",所以也就能够表现"在时间中先后承续的事物",即能够叙事;当然,"画"作为图像,叙事毕竟不是其强项,所以"绘画在它的同时并列的构图里,只能运用动作中的某一顷刻,所以就要选择最富于孕育性的那一顷刻,使得前前后后都可以从这一顷刻中得到最清楚的理解"②。

在莱辛的基础上,玛丽-劳尔·瑞安进一步把作为符号的媒介分为"语言"(狭义的而非相当于符号的广义的语言、即语词)、"静止图像"、"器乐"以及"没有音轨的活动画面"等四类。对于前三类,瑞安还给出了它们的"叙事属性"。"语言"的"叙事属性"最明显,叙事能力最强,是最适合用来叙事的一种媒介。至于"器乐",尽管是一种"时间性媒介",但它基本上是非"述义性"的,因而其叙事能力非常弱。关于"静止图像"的"叙事属性",瑞安认为其处于一种中间状态,尽管它在表现时间进程中的事件时存在缺陷,且叙事能力不像语词那么强,但也能通过图像空间完成一个叙事过程,就像我们在历史上看到的那许许多多出色的叙事画一样。而对于"静止图像"来说,弥补其缺陷的策略有:"通过标题,利用互文或互媒介指涉来暗示叙事连接,

---

① 莱辛:《拉奥孔》,朱光潜译,人民文学出版社 1979 年版,第 83 页。
② 莱辛:《拉奥孔》,朱光潜译,人民文学出版社 1979 年版,第 83 页。

表征故事世界里的有言语铭文的客体，利用多幅帧或将图画分解成不同场景，来暗示时间的流逝、变化，场景之间的因果关系，采用绘画规约（思想标注框），来暗示思想和其他模式的非事实性。"①

至于"没有音轨的活动画面"这第四种类型的表达媒介，瑞安并没有在《故事的变身》中展开论述，而是"留给读者来思考其叙事属性"。根据我们对图像或画面的了解，"静止图像"应该是各类图像中叙事能力最弱的，但正如上面所指出的，"静止图像"也能利用种种特殊的方式完成其叙事行为；而一旦画面"活动"起来，其叙事能力便会相应地增强。如果画面不但能够足够快地活动起来（达到每一秒播放二十四帧），而且能够通过多个画面组成一个图像叙事系列，就会形成电影中的默片；如果再加上音轨这样的声音元素，便会形成有声电影，其叙事能力便会得到空前提高。此时，它不但在很多方面足以与语词叙事相媲美，甚至在某些方面还可以超越语词叙事。正因为如此，所以在艺术领域，尽管电影相对来说诞生较晚，但电影叙事学这一门类叙事学最早且较为成熟地建构并发展起来。

目前的电影叙事学研究正呈高速发展态势，每年都有大

---

① 玛丽－劳尔·瑞安：《故事的变身》，张新军译，译林出版社 2014 年版，第 18—19 页。

量的相关成果发表和出版。其中比较重要的成果有美国电影学者大卫·波德维尔的《电影叙事——剧情片中的叙述活动》《故事片的叙事》《好莱坞的叙述方式：当代电影中的故事及其风格》，美国叙事学家西摩·查特曼的《故事与话语——小说和电影的叙事和结构》与《术语评论——小说与电影的叙事修辞学》，加拿大电影理论家安德烈·戈德罗的《什么是电影叙事学》（与法国学者弗朗索瓦·若斯特合著）、《从文学到影片——叙事体系》，法国学者弗朗西斯·瓦努瓦的《书面叙事·电影叙事》，挪威学者雅各布·卢特的《小说与电影中的叙事》，荷兰学者彼得·菲尔斯特拉腾的《电影叙事学》，以及我国学者李显杰的《电影叙事学：理论和实例》、刘云舟的《电影叙事学研究》等。由于电影既具有空间艺术的特性，又兼具时间艺术的长处，其"叙事属性"比较明显而特别，其叙事能力也特别多元而强劲，所以目前电影叙事学可算是门类叙事学中成果最丰硕的，也是门类叙事学中最早真正成"学"的。然而，这并不意味着电影叙事学就已经具备成熟的理论体系和完备的学科体系。事实上，作为门类叙事学的电影叙事学仍有不少可推进、可开拓的研究领域，甚至一些学科的经典问题，如电影时间与电影空间及二者之间的关系、电影中声音与画面的关系、电影的技术与艺术等，其实都还没有真正从理论上阐述清楚，这当然也给未来的电影叙事学研究留下了继续探索的学术空间。

　　空间艺术或造型艺术主要包括各类图像作品（绘画、雕塑、照片）和建筑。其中建筑媒介的叙事性较弱，所以目前尽管不乏建筑（空间）叙事甚至园林或景观叙事之类的学术成果，但其实这类成果多缺乏"叙事性"，因而在建筑叙事学的建构上基本可以忽略不计。关于建筑叙事研究和建筑叙事学建构，笔者在《空间叙事学》① 一书中曾概括出几个要点，有兴趣的可以参看。至于绘画、雕塑、照片等图像作品的叙事问题，当然每一类都可以建构起相应的门类叙事学，但这三种类型的空间艺术又可以统括在"图像"（实指"静止图像"）这个概念之下。为了避免讨论过于枝蔓，下面仅简略地介绍图像叙事学。

　　严格说起来，图像叙事学还是一门有待建构的学科。之所以如此说，一方面是因为已建立自身理论谱系和学科传统的艺术史学和图像学研究几乎不涉及叙事问题；另一方面是因为早期的经典叙事学只关注小说叙事而无暇顾及其他叙事现象，而目前方兴未艾注重跨学科、跨媒介叙事研究的后经典叙事学则历时尚短（20 世纪 90 年代才发生所谓的叙事学研究的"后经典转向"），无论是在时间上、资历上还是在成果的积累上，都不足以支撑起图像叙事学这一充满活力的叙事学分支学科。但根据笔者的研究，建构图像叙事学的最基

---

① 　龙迪勇：《空间叙事学》，生活·读书·新知三联书店 2015 年版。

本的理论问题其实已经解决，接下来需要做的仅仅是理论的体系化及作为新学科的图像叙事学的正式提出。事实上，笔者已从事图像叙事研究多年，已经主持完成国家社科基金项目"图像叙事与文字叙事比较研究"及省部级重点项目"图像叙事学"等课题多项，并发表相关论文多篇。

图像是一种空间形态的叙事媒介，在《图像叙事：空间的时间化》①一文中，笔者首先探讨了图像叙事的本质问题，并在此基础上总结出了单幅图像叙事的三种模式。在笔者看来，所谓图像叙事，无非是用图像这种空间性媒介去表征叙事所必须经历的时间进程，所以图像叙事的本质就是"空间的时间化"。概括而言，在图像叙事中，主要有两种使空间时间化的方式：利用"错觉"或"期待视野"而诉诸观者的反应和利用系列图像来重建事件的形象流或时间流。对于单幅图像叙事，笔者根据其对时间的处理方式，概括出了三种基本叙事模式：单一场景叙述、纲要式叙述与循环式叙述。所谓"单一场景叙述"，就是要求艺术家在其创作的图像作品中，把莱辛所说的"最富于孕育性的那一顷刻"通过某个单一场景表现出来，以暗示事件的前因后果，从而让观者在意识中完成一个叙事过程。所谓"纲要式叙述"，也叫"综

---

① 龙迪勇：《图像叙事：空间的时间化》，《江西社会科学》2007 年第 9 期，第 39—53 页。

合性叙述"，即从不同时间点上的场景或事件要素中挑选重
要者，并将其"并置"在同一个画幅上。由于这种做法改变
了事物的原始语境或自然状态，带有某种"综合"的特征，
故又称"综合性叙述"。所谓"循环式叙述"，就是"把一系
列情节融合在一起"的一种叙述模式，这种模式"消解"了
时间逻辑，遵循的是空间逻辑。在《图像叙事与文字叙事——
故事画中的图像与文本》①一文中，笔者通过考察故事画，探
讨了叙事图像与叙事文本之间那错综复杂的关系的一个方
面，即图像对文本的模仿或再现问题。由于作为空间艺术的
图像在叙事中的"短板"是不擅长表现叙事时间，而故事画
的背后往往有一个大家都熟悉的文本，所以故事画本质上是
对已在文本中叙述过的"故事"进行跨媒介再叙述，即一种
叙述中的叙述。

　　就建构图像叙事学而言，有一个基本史实我们必须清楚：
"在20世纪的转型期，图像叙事分析远远走在文学叙事分析
前面。考古学家维克霍夫和卡尔·罗伯特，以及艺术史学家
奥古斯特·施马索夫和达戈波特·弗雷（后者在19世纪20
年代），都专注于研究叙事形式：叙事单元的形成，图像叙
事处理时间流逝和叙事时间的方式——如区分、续写、完成、

---

① 龙迪勇：《图像叙事与文字叙事——故事画中的图像与文本》，《江西社会科学》
2008年第3期，第28—43页。

循环连接，等等。"① 也就是说，对图像叙事的研究其实远远
走在文学叙事研究的前面，只是由于后来的研究者没有延续
这一研究路径，且没有接受后来兴起的叙事学的影响，因此，
"在这一点上，艺术史还停留在它已有的成绩上，基本上错
过了结构主义的崛起和解释学的方法论"②。这种历史的误会
当然是不幸的，但这至少说明图像叙事研究有一个良好的开
端和扎实的理论基础，这当然对图像叙事学的建构不无裨益。
比如说，维也纳美术史学派的主要奠基者维克霍夫早在 1895
年③ 就提出了图像艺术的三种叙事方式：连续法、隔离法与
补充法④。

　　文学和音乐都属于时间艺术。文学，尤其是小说的叙事
问题在以往的叙事学研究中已得到充分的探讨，目前的叙事
学理论其实主要就是建立在小说这样虚构作品的叙事之上，
这里就不再续貂了。至于音乐，虽然是一种典型的时间艺
术，但其中又涉及两种情况：一种是声乐，无论是一般的歌

---

① 沃尔夫冈·肯普：《叙事》，载罗伯特·S. 纳尔逊、理查德·希夫主编：《艺术史
批评术语》，郑从容译，南京大学出版社 2022 年版，第 69 页。
② 沃尔夫冈·肯普：《叙事》，载罗伯特·S. 纳尔逊、理查德·希夫主编：《艺术史
批评术语》，郑从容译，南京大学出版社 2022 年版，第 69 页。
③ 1895 年，维克霍夫为重刊维也纳皇家图书馆珍藏的一本希腊文古抄本《维也纳
创世记》撰写了一个长篇"导论"，后来这个"导论"被作为单行本出版，并更名
为《罗马艺术：它的基本原理及其在早期基督教绘画中的运用》，这个单行本英文版
（1900）的出版比德文版（1912）还早（见陈平为该书中译本所撰写的《中译者前言》，
北京大学出版社 2010 年版）。
④ 维克霍夫：《罗马艺术：它的基本原理及其在早期基督教绘画中的运用》，陈平译，
北京大学出版社 2010 年版，第 14 页。

曲还是像歌剧这样的声乐艺术，都主要包括词与乐（而且早期的艺术往往是诗舞乐一体的综合艺术），属于多媒介艺术，其叙事任务主要由语词承担；还有一种是器乐，尽管像语词一样是一种典型的"时间性媒介"，但由于音符作为一种符号基本上是非"述义性"的，即很难直接通过其媒介或符号表达意义或再现外在对象，所以其叙事能力是非常弱的。正因为如此，所以"我们最好不要将一个确定的故事与一个音乐作品相联系"，理想的做法是"多考察一下音乐与叙事之间的相似性，而不是直接在理论上讲这两者的某些方面相等同"[①]，因而我们也就没有必要考虑专门建构音乐叙事学的问题了。

当然，尽管音乐的叙事能力比较弱，但关于音乐叙事，尤其是关于"音乐与叙事之间的相似性"的问题，还是可以探讨的，这也是一个有价值的学术问题。比如说，美国音乐理论家彼得·基维就曾经这样写道："有一种非常时髦的解释音乐作品的方式，就是宣称音乐作品没有情节，但有一种所谓'情节原型'（plot archetype）的东西。"[②] 至于什么是"情节原型"，我们可以将之概括为不同叙事作品中相同的叙事

[①] 弗雷德·伊夫莱特·莫斯：《古典器乐作品与叙事》，周靖波译，载詹姆斯·费伦、彼得·J. 拉比诺维茨主编：《当代叙事理论指南》，申丹等译，北京大学出版社 2007 年版，第 559 页。
[②] 基维：《音乐哲学导论：一家之言》，刘洪译，杨燕迪审校，华东师范大学出版社 2012 年版，第 131 页。

结构，比如在《奥德赛》和《绿野仙踪》两部叙事作品中，"故事情节几乎都是由归乡旅行相关事件构成的：故事其实就是旅程。当然，其中的人物角色、事件、背景以及其他情节的细节都是极为不同的，但是剧情的总体结构相同。我们可以称之为'长途返乡旅行记'。这就是《奥德赛》和《绿野仙踪》共同具有的情节原型。它们的情节非常不同，但当我们抽离这些区别之后，两者相同的情节原型就被揭示出来了"①。除了史诗、小说、戏剧等叙事作品，我们也可以把"情节原型"的概念推广到器乐这样的"绝对音乐"作品上，正如基维所指出的，"绝对音乐没有情节，但有情节原型。比如说，很多文学虚构作品具有这样一种情节原型：通过逆境挣扎而取得最终的胜利。……而在音乐中，情节原型论者最喜欢反复提起的是贝多芬《第五交响曲》，这是我刚才提及的那种通过逆境挣扎而取得最终胜利的经典例证。它开始于c小调，但始终显示出这样一种音乐结构：完全可以用黑暗的、激情的、汹涌的、暴风雨般的或战斗的等表现性描述来刻画其特征。直到其辉煌的结束部（coda）时，胜利的C大调号角才迸发出来，最后在胜利的喜悦中结束"②。由于贝多芬的影响力，这部有"强力第五"之称的音乐作品，其情节

① 基维：《音乐哲学导论：一家之言》，刘洪译，杨燕迪审校，华东师范大学出版社2012年版，第131—132页。
② 基维：《音乐哲学导论：一家之言》，刘洪译，杨燕迪审校，华东师范大学出版社2012年版，第132—133页。

原型被后来的音乐家一次又一次地运用，产生了许多优秀作品，如勃拉姆斯的《c 小调第一交响曲》、门德尔松的《苏格兰交响曲》等。我们可以说这类音乐作品具有相同的情节原型，却不能说它们具有清晰、具体地讲述故事的能力，因为像器乐这样的"绝对音乐"作品，其表达媒介的非再现性、非表意性特征，决定了它们的"叙事属性"本身是非常弱的。

尽管像器乐这样的"绝对音乐"作品自身的叙事能力有限，但挑战或超越媒介的局限原本就是艺术创新的要义，所以作为一种重要艺术类型的音乐，可以通过模仿其他"叙事属性"强的媒介，或者与其他媒介结合起来形成特殊的多媒介叙事作品，从而达到流利、完整叙事的目的。

正如前面所说，原则上有多少门类艺术，就可以建构多少门类艺术叙事学。毫无疑问，我们不可能就每一个门类艺术的叙事问题进行探讨，更不可能描述出每一个门类艺术叙事学学科的基本面貌。上文就电影这样的强叙事艺术、音乐这样的弱叙事艺术，以及像图像这样处于中间状态的叙事艺术，讨论了建构门类艺术叙事学的可能性及其基本问题域，挂一漏万之处在所难免，但应该基本可以说明门类艺术叙事学建构的理论问题。

第三节 ⋮
总体艺术叙事学 ⋮

　　建构总体艺术叙事学，当然首先需要熟悉各门类艺术媒介的"叙事属性"，并掌握各门类艺术叙事学的本质特征。建构总体艺术叙事学，其实就是要在传统（文学）叙事学的基础上建构起既能解释文学叙事现象又能解释各门类艺术叙事现象的真正意义上的"叙事学"，因为说到底，文学也是一种艺术——语言的艺术。赵毅衡教授提出的"广义叙事学"其实就是这种意义上的叙事学，只是他特别强调"广义"，这其实已经在事实上承认了以往的叙事学研究只是一种狭义的叙事学，即文学（小说）叙事学；而按照罗兰·巴特和克劳德·布雷蒙等叙事学学科先驱的设想，也正如前面所指出的，"叙事学"原本就应该是"广义"的，只是由于建构的难度等因素，后来的研究者有意无意地将叙事学这门本来就应该涵括并解释所有文艺叙事现象的学科窄化了而已。

　　在当下叙事学研究的"后经典"语境下，不少叙事学家通常的做法是在传统叙事学的框架下，在新撰写的叙事学著作中增写有关"艺术"叙事或非文字媒介叙事的章节，从而使其著作至少在形式上显得像是涵括了文学和其他艺术的总体意义上的"叙事学"。这种情形中比较典型的，是申丹、王丽亚合写的《西方叙事学：经典与后经典》一书，其中在王丽亚教授所撰写的该书第十二章"非文字媒介叙事"中，就包括论及艺术叙事内容的三节，即"电影叙事""绘画叙事"和"戏剧叙事"。从其内容不难看出，这其实仍然是以文学（文字）叙事为本体的，只是对基于文字媒介所形成的理论和所得出的结论进行了推广或扩展，以解释其他媒介的艺术叙事作品而已。正如王丽亚在该章开头所指出的，"从总体上看，学者们趋于这样一种共识：以文学经典为分析对象、以语言学模式为基本方法的经典叙事学功不可没，它为90年代以来发展势头强劲的'后经典叙事学'提供了必不可少的理论基础和研究方法。以已有的方法论为基础，通过分析文字叙事与非文字媒介叙事在内容、形式以及接受等方面的异同，我们可以进一步探索叙事艺术的形式结构，分析叙事艺术研究范式的嬗变及其原因"[1]。显然，这是一种片面但无奈的做法。事实上，我们也不得不遗憾地指出：到目前为止，真正能够超越语言学模式，能够涵括并合理解释文学叙事以及各门类艺术叙事现象的总体艺术叙事学，其实还没有

---

[1]　申丹、王丽亚：《西方叙事学：经典与后经典》，北京大学出版社2010年版，第246页。

真正建构起来。

当然，以一种文学或艺术类型为基础，先建构起一个"诗学"（文艺理论）体系，再在其基础上推及其他文体，是诗学史、文论史上的常规做法，而这也形成了某类诗学的独特性。正如美国比较文学研究者厄尔·迈纳所说，"当文学是在一种特殊的文学'种类'或'类型'的实践的基础上加以界定时，一种独特的诗学便可以出现。当亚里士多德从戏剧方面定义文学时，他建立了西方诗学。由于戏剧处理的是人的再现以及舞台上的动作，所以亚里士多德自然而然地总结道，文学是对人类行为与生活的一种模仿。他将文学视为一种模仿的学科"[①]。而中国这样的"文化群落"，"把诗学奠基在抒情诗实践之上。抒情诗假定的是人类受各种各样的思想和情感所激励，他们需要用词语来表达。这些词语感染他人，那些人反过来又可以寻找自己的词语去表达他们之所思所感。其结果是产生了一种把情感原则与表现原则结合起来的诗学"[②]。无疑，无论是奠基于戏剧基础之上的西方诗学（模仿诗学），还是奠基于抒情诗基础之上的中国诗学（情感－表现诗学），都无所谓对错，它们都具有独特性，也具

[①] 厄尔·迈纳:《比较诗学》，王宇根、宋伟杰等译，中央编译出版社 1998 年版，中文版前言第 Ⅱ 页。"摹仿"亦作"模仿"，为了行文的统一，本书除引用的文字外，其他均写作"模仿"。
[②] 厄尔·迈纳:《比较诗学》，王宇根、宋伟杰等译，中央编译出版社 1998 年版，中文版前言第 Ⅱ 页。

有合理性；但如果我们试图建构一种超越特定"文化群落"而具有普适性的诗学，最好的做法应该是超越单一类型而运用一种"间性"思维，即在西方的"模仿诗学"和中国的"情感－表现诗学"之间进行比较性的、综合性的思考，这样才可能得出真正具有普适性、生命力和解释力的诗学。这当然不是一件容易的事，就像建构真正意义上的总体艺术叙事学不是一件容易的事一样。

此外，建构总体艺术叙事学还有一个特殊的学术问题需要解决，即解释艺术史叙事问题。艺术史本质上是一种特殊的叙事作品，其任务无非是讲述一个关于艺术演变和发展的故事。事实上，无论是具体门类艺术史，还是总体性的艺术史，都具有明显的"叙述"特性。正因为如此，所以我们必须结合艺术学科体系，从建构总体艺术叙事学的高度，尽快提出相应的艺术史叙事理论，并运用相关理论合理解释艺术史叙事事实，科学总结艺术史叙事规律。对于艺术史叙事问题，笔者将会做专题探讨，这里就不细说了。

总之，我们必须在考察各门类艺术叙事所用媒介的基础上，对各门类艺术叙事学的基本特性有深刻的洞悉，并通过跨媒介的研究方法，提炼出能够涵括一切艺术叙事现象的共同特征和共同规律，既考虑艺术叙事现象本身，也考虑艺术史叙事，才能建构起真正意义上的总体艺术叙事学。这当然不是一件可以轻易完成的事，但既然有了合理的设想，有了学理上的依据，且有了相当扎实的研究基础，把总体艺术叙事学的理论大厦真正地实在地建构起来，也就必然是一件可以预期的事了。

从上面的考察不难看出，建构艺术叙事学不仅具有必要性，而且具有可能性。我们认为，建构艺术叙事学（无论是门类艺术叙事学还是总体艺术叙事学）具有非常重要的学术价值和实践意义，这主要体现在三个方面。第一是理论上的价值。艺术叙事学可以有效避免以往叙事学研究的单一化和封闭性弊端，从而使整个叙事理论更为完整、系统、自洽。第二是批评方面的价值。艺术叙事学可以为文艺批评提供新的武器，从而为解释各类艺术现象和分析各类艺术作品提供新的视角。第三是对当下文艺创作的价值。我们相信，艺术叙事学的建构将逐渐为作家、艺术家所熟悉，必将会为我们当下的文艺创作注入新的活力，从而为讲好中国故事以及其他文艺、学术等故事提供学理上的支撑和方法论上的启示。

当然，建构艺术叙事学这样一门新学科，必然不是一件一朝一夕就可以完成的简单的事，我们还是从考察具体的"艺术叙事"问题开始吧。而要考察"艺术叙事"问题，最好还是从艺术的表达媒介说起。

研讨专题

1. 您对目前叙事学的发展状况是否满意？如果不满意，主要原因是什么？

2. 在不同的艺术类型中，哪些类型相对容易建构起门类艺术叙事学？为什么？

3. 要真正建构超越语言学的模式、既能涵括并合理解释文学叙事也能涵括并解释各门类艺术叙事现象的总体艺术叙事学，主要存在哪些亟待克服的困难和需要解决的问题？

拓展研读

1. 张寅德编选：《叙述学研究》，中国社会科学出版社1989 年版。

2. 西摩·查特曼：《故事与话语：小说和电影的叙事结构》，徐强译，中国人民大学出版社2013 年版。

3. 龙迪勇：《空间叙事学》，生活·读书·新知三联书店2015 年版。

4. 维克霍夫：《罗马艺术：它的基本原理及其在早期基督教绘画中的运用》，陈平译，北京大学出版社2010 年版。

5. 申丹、王丽亚：《西方叙事学：经典与后经典》，北京大学出版社2010 年版。

6. 厄尔·迈纳：《比较诗学》，王宇根、宋伟杰等译，中央编译出版社1998 年版。

第二章
/Chapter 2/

表达媒介及其"叙事属性"

· · · · · · · · ·

无论是普通人在日常交流中传达基本的信息，还是艺术家创作任何形式的文艺作品，都必须运用媒介才能顺利进行。叙事活动同样如此，如果没有任何一种媒介可以利用，或者我们缺乏使用特定叙事媒介的能力，那么叙事活动就无法进行下去。因此，要深入研究艺术叙事问题，首先就要考察叙事媒介及其基本特性。

第一节 •
叙事媒介 •

　　所谓叙事媒介，即人们用来叙事的材料或承载物。对于这个问题，法国学者罗兰·巴特在《叙事作品结构分析导论》一文中有很好的论述。按照巴特的说法，世界上的任何材料，无论是自然物还是人造物，只要能够成为表征或表意的符号，就能够用于叙事，因此"叙事承载物可以是口头或书面的有声语言、是固定的或活动的画面、是手势，以及所有这些材料的有机混合"[①]。罗兰·巴特的这个说法

[①]　罗兰·巴特:《叙事作品结构分析导论》，张寅德译，载张寅德编选:《叙述学研究》，中国社会科学出版社 1989 年版，第 2 页。

当然是不错的。作家、艺术家在运用不同的材料（媒介①）进行创作时，由于所用表达媒介的"叙事属性"（美国学者玛丽－劳尔·瑞安语）并不一样，所以文学、艺术作品呈现出了不同的面貌；或者说，根据作家、艺术家所用的不同叙事媒介，文学、艺术作品被分成了不同的体裁或种类。正是考虑到媒介在叙事活动中的重要性，我们拟先对表达媒介的"叙事属性"加以论述，并在此基础上以摄影图像的叙事性为例加以分析。

因为任何叙事作品都必须用一种或多种媒介去叙述一个或多个外在于该媒介的事件，所以叙事作品无非是一种通过媒介去模仿外在事件的艺术，而外在事件在被媒介表征之后就成为情节化的"故事"了。因此，叙事作品其实就是一种模仿艺术，在叙述或模仿的过程中，模仿物就是被媒介表征

---

① 在叙事学研究中，媒介是最重要也是使用最混乱的概念之一，其中最常见的混乱就在于对"表达媒介"和"传播媒介"不加区别地混用。《韦氏大学英语词典》的"媒介"词条收录了两项定义："（1）通信、信息、娱乐的渠道或系统；（2）艺术表达的物质或技术手段。"（转引自玛丽－劳尔·瑞安：《故事的变身》，张新军译，译林出版社2014年版，第16页。）第一种定义把媒介看作管道或信息传递方法，第二种定义把媒介视为"语言"（广义上的语言，相当于符号）。也就是说，关于媒介，主要有"管道论"和"符号论"两种定义，第一种定义下的媒介可称为传播媒介，第二种定义下的媒介可称为表达媒介。我们认为，第二种定义更为基本，对我们的研究也更为重要。之所以如此，是因为"在信息以第一种定义的具体媒介模式编码之前，部分信息已然通过第二种定义的媒介得到了实现。一幅绘画必须先用油彩完成，然后才能数字化并通过互联网发送。音乐作品必须先用乐器演奏，才能用留声机录制和播放。因此，第一种定义的媒介要求将第二种定义所支持的对象翻译成二级代码"；而且，"媒介可以是也可以不是管道，但必须是语言，才能呈现跨媒介叙事学的趣味"。（玛丽－劳尔·瑞安：《故事的变身》，张新军译，译林出版社2014年版，第17页。）对于叙事学来说，主要研究的是"表达"而不是"传播"，所以，本书所说的"媒介"，指的是作为表达媒介的语言或符号。

的"故事"，而被模仿物则是外在于该媒介的"事件"。显然，在叙述或模仿的过程中，媒介扮演了一个非常重要的角色：不借助表达媒介，任何叙述或模仿活动都无法正常进行；哪怕是同样的事件，只要被不同的媒介所表征，最后形成的就是不同类型的叙事作品。

第二节 ·
媒介的重要性及"叙事属性" ·

　　对于文艺创作中表达媒介的重要性，学者们有很多重要
的论述，下面仅就极其重要的加以阐述。

　　在西方文艺理论史上首先系统而深入地论述艺术媒介问
题的著作是亚里士多德的《诗学》。亚里士多德在文艺问题
上提出了著名的"模仿说"，他在《诗学》第 1 章中这样写
道："史诗的编制，悲剧、喜剧、狄苏朗勃斯的编写以及绝大
部分供阿洛斯和竖琴演奏的音乐，这一切总的来说都是模仿。
它们的差别有三点，即模仿中采用不同的媒介，取用不同的
对象，使用不同的、而不是相同的方式。"① 在这段话中，亚
里士多德主要提出了两个观点：第一，各种类型的"诗"（文
艺）的本质都是模仿；第二，区别"诗"（文艺）之类型的
三个标准要素，即模仿中所用的媒介（模仿媒介）、所取的
对象、所采的方式。其中第二个观点尤为重要，因为它关涉
模仿艺术的分类，而在决定分类标准的三个要素中，模仿媒

---

① 　亚里士多德：《诗学》，陈中梅译注，商务印书馆 1996 年版，第 27 页。

介是至关重要的。事实上,模仿媒介是亚里士多德《诗学》首先具体论及的内容,也是其三大文艺分类标准中的第一个。在总括性地提出模仿艺术及其三点差别(也就是文艺分类的三个标准)之后,亚里士多德在《诗学》第1章中这样写道:

> 正如有人(有的凭技艺,有的靠实践)用色彩和形态模仿,展现许多事物的形象,而另一些人则借助声音来达到同样的目的一样,上文提及的艺术都凭借节奏、话语和音调进行模仿——或用其中的一种,或用一种以上的混合。阿洛斯乐、竖琴乐以及其他具有类似潜力的器乐(如苏里克斯乐)仅用音调和节奏,而舞蹈的模仿只用节奏,不用音调(舞蹈者通过糅合在舞姿中的节奏表现人的性格、情感和行动)。

> 有一种艺术仅以语言模仿,所用的是无音乐伴奏的话语或格律文(或混用诗格,或单用一种诗格),此种艺术至今没有名称。……

> 还有一些艺术,如狄苏朗勃斯和诺摩斯的编写以及悲剧和喜剧,兼用上述各种媒介,即节奏、唱段和格律文,差别在于前二者同时使用这些媒介,

后二者则把它们用于不同的部分。……①

在上述文字中，亚里士多德以模仿媒介为标准，对文艺作品进行了分类。首先是"用色彩和形态模仿"的艺术和"借助声音来达到同样的目的"的艺术，它们的目的都是"展现许多事物的形象"。其实，这两类艺术也就是我们现在常说的空间艺术和时间艺术。当然，对于前者，亚里士多德没有进行详细的论述，他重点探讨的是后者，也就是说，他重点考察了借助声音来模仿的艺术（时间艺术）。接下来，亚里士多德根据节奏、话语（语言）和音调等三个要素的使用情况——"或用其中的一种，或用一种以上的混合"，对借助声音来模仿的艺术进一步做了分类：第一类是器乐，包括阿洛斯乐、竖琴乐以及其他像苏里克斯乐这样具有类似潜力的器乐，此类艺术仅用音调和节奏来模仿；第二类是舞蹈，只用节奏、不用音调来模仿；第三类是仅以语言进行模仿的艺术，所用的是无音乐伴奏的话语或格律文——这种艺术在当时还不是太重要，所以连名称也没有；第四类是混合艺术，兼用节奏、唱段（音调）和格律文（语言）等多种媒介，包括狄苏朗勃斯（酒神颂）、诺摩斯（日神颂）以及悲剧和喜剧，它们的差别在于前二者同时使用这些媒介，后二者则把

---

① 亚里士多德:《诗学》，陈中梅译注，商务印书馆 1996 年版，第 27—28 页。

它们用于不同的部分。

必须承认，亚里士多德是首位认识到模仿艺术与模仿媒介存在紧密关联的理论家，他以模仿媒介为标准，对"诗"（时间艺术）的基本类型做出了清晰的界定和系统的描述。当然，由于论述对象的限制，他没有对"用色彩和形态模仿"的空间艺术做出描述和阐释，更没有对形成空间艺术和时间艺术的不同模仿媒介的特性进行比较性研究——这一工作直到 18 世纪莱辛写出著名的《拉奥孔》一书之后，才算是取得了扎实的理论成果。

在《拉奥孔》一书中，莱辛主要论述的是"诗"与"画"，也就是时间艺术与空间艺术在模仿媒介和表现题材等方面的差异。在这部美学作品中，莱辛对表达媒介的差异性做了极其精彩的阐述。他把以绘画为代表的造型艺术称为空间艺术，这类艺术长于表现"在空间中并列的事物"；把以诗歌为代表的文学作品称为时间艺术，它们长于表现"在时间中先后承续的事物"。莱辛的这个看法可谓是关于时间、空间艺术的划分及其表达特性的最经典的论述了。对于这两者之间的区别，莱辛在该作品中有一段经典的论述：

　　既然绘画用来摹仿的媒介符号和诗所用的确实完全不同，这就是说，绘画用空间中的形体和颜色而诗却用在时间中发出的声音，既然符号无可争辩地应该和符号所代表的事物互相协调，那么，在空间中并列的符号就只宜于表现那些全体或部分本来也是在空间中并列的事物，而在时间中先后承续的符号也就只宜于表现那些全体或部分本来也是在时间中先后承续的事物。

全体或部分在空间中并列的事物叫作"物体"。因此，物体连同它们的可以眼见的属性是绘画所特有的题材。

全体或部分在时间中先后承续的事物一般叫作"动作"（或译为"情节"）。因此，动作是诗特有的题材。[①]

当然，莱辛也认识到"物体"作为绘画所特有的题材以及"动作"作为诗所特有的题材都只是相对的，绝不可绝对化。之所以如此，是因为"一切物体不仅在空间中存在，而且也在时间中存在。物体也持续，在它的持续期内的每一顷刻都可以现出不同的样子，并且和其他事物发生不同的关系。在这些顷刻中，各种样子和关系之中，每一种都是以前的样子和关系的结果，都能成为以后的样子和关系的原因，所以它仿佛成为一个动作的中心。因此，绘画也能摹仿动作，但

---

① 莱辛:《拉奥孔》，朱光潜译，人民文学出版社 1979 年版，第82—83 页。

是只能通过物体，用暗示的方式去摹仿动作"；"另一方面，动作并非独立地存在，须依存于人或物。这些人或物既然都是物体，或是当作物体来看待，所以诗也能描绘物体，但是只能通过动作，用暗示的方式去描绘物体"。[①] 在这种认识的基础上，莱辛进一步提出在创作"画"与"诗"时所必须遵循的基本原则，即"绘画在它的同时并列的构图里，只能运用动作中的某一顷刻，所以就要选择最富于孕育性的那一顷刻，使得前前后后都可以从这一顷刻中得到最清楚的理解"；"同理，诗在它的持续性的摹仿里，也只能运用物体的某一个属性，而所选择的就应该是，从诗要运用它那个观点去看，能够引起该物体的最生动的感性形象的那个属性"。[②]

基于莱辛关于时间、空间艺术的划分及其表达特性的论述，美国学者玛丽-劳尔·瑞安对作为符号的媒介做了更为细致的划分，即把表达媒介分为以下四种类型："语言""静止图像""器乐"以及"没有音轨的活动画面"。对于前三类，瑞安还给出了它们的"叙事属性"。关于"语言"，瑞安给出的"叙事属性"是：

　　容易做的：表征时间性，变化、因果关系、思

---

① 莱辛:《拉奥孔》，朱光潜译，人民文学出版社 1979 年版，第 83 页。
② 莱辛:《拉奥孔》，朱光潜译，人民文学出版社 1979 年版，第 83 页。

想、对话。通过指涉具体对象和属性提出确定性命题，表征现实性同虚拟性或曰反事实性之间的差异，评估所叙述的事情并对人物做评判。

做起来有点难度的：表征空间关系，并诱导读者创造一幅关于故事世界的精确认知地图。

做不了的：显示人物或环境的外貌，展示美（语言只能告诉读者某个人物是美的，读者不能自行判断，必须相信叙述者），表征连续的过程。（语言能告诉我们：小红帽用了两个钟头才到外婆的家，但不能显示她的进程。语言通常将时间分段成离散的各个时刻。）①

至于"静止图像"，其"叙事属性"则是：

容易做的：将观众沉浸到空间中，描绘故事世界地图，表征人物和环境的视觉外观。通过"有意味的时刻"技法暗示邻近的过去和未来，通过面部表情表征人物的情绪，表征美。

做不了的：表述明确的命题（如索尔·华斯所

---

① 玛丽－劳尔·瑞安：《故事的变身》，张新军译，译林出版社 2014 年版，第 18 页。

说的,"图画无法说'不是'"),表征时间的流动、思想、内心状态、对话,让因果关系明确,表征可能性、条件制约、反事实性,表征不在场的客体,做评价和判断。

弥补其缺陷的策略:通过标题,利用互文或互媒介指涉来暗示叙事连接,表征故事世界里的有言语铭文的客体,利用多幅帧或将图画分解成不同场景,来暗示时间的流逝、变化、场景之间的因果关系,采用绘画规约(思想标注框),来暗示思想和其他模式的非事实性。[1]

应该说,瑞安的概括是比较准确和全面的,其看法有助于我们理解语词和图像这两种主要叙事媒介的基本特性。总之,就叙事而言,瑞安认为不同性质的媒介具有各自不同的"叙事属性","有些媒介是天生的故事家,有些则具有严重的残疾"[2]。对于这种"叙事属性",创作者必须要深入了解,才能在利用它们进行创作时如鱼得水,从而创作出真正出色和伟大的叙事作品。

---

[1] 玛丽-劳尔·瑞安:《故事的变身》,张新军译,译林出版社2014年版,第18—19页。
[2] 玛丽-劳尔·瑞安:《故事的变身》,张新军译,译林出版社2014年版,第4页。

第三节 ⋮
弱叙事媒介如何叙事

　　在叙事与媒介的关系中，我们必须了解的一个事实是：尽管人类可以用来叙事的媒介很多，但语词与图像无疑是其中最主要的两种叙事媒介。而从前面的论述中，我们已经知道，在语词与图像这两种叙事媒介中，像绘画、雕塑、摄影这样的"静止图像"，其"叙事属性"较弱，所以其叙事能力也偏弱，而语词的叙事能力要远远强于"静止图像"。正因为如此，所以我们在中外艺术史上，不难发现这样一种奇特的现象：在相当长的一个历史时期里，那些叙事性绘画或雕塑所叙述的故事很少是直接模仿生活的，而大多是对民间口传的或文本记载的著名故事的再一次叙述。也就是说，图像叙事一般不是直接对生活中的事件的模仿，而是对语词已经叙述过的故事的再一次模仿。按照古老的模仿理论，如果说叙事性话语或叙事性文本是对现实或虚拟生活的模仿的话，那叙事性图像就是对话语或文本的模仿，即对"模仿"的再一次模仿——模仿中的模仿；按照叙事学理论，如果说叙事性图像模仿的话语或文本是对现实或想象中发生的事件的叙述的话，那叙事性图像本身就是对已在话语或文本中叙述过的"故事"的再一次叙述——叙述中的叙述。这种"模仿中的模仿"或"叙述中的叙述"在中西艺术史上持续了好几个世纪。就西方而言，从古希腊罗马开始，经中世纪，到文艺复兴时期，这种叙事性图像模仿叙事文本的倾向达到了顶峰，"19 世纪依然有这种风尚"[①]。

在《模仿律与跨媒介叙事——试论图像叙事对语词叙事的模仿》[②]一文中，笔者曾经运用法国社会学家加布里埃尔·塔尔德的所提出的"模仿律"理论，对叙事活动中的这种图像模仿语词现象背后的深层原因进行过探讨，但当时所论及的"图像"主要指的是像雕塑、绘画那样的自由创造性图像，而没有涉及像照片这样的机械复制性图像。下面我们就以摄影所产生的机械复制性图像——照片为例，来简要阐述弱叙事媒介如何叙事。

正如莱辛所指出的，像图像这样的"空间性媒介"长于表现"在空间中并列的事物"，而语词等"时间性媒介"则长于表现"在时间中先后承续的事物"。基于这样的媒介特征，图像其实是难以完整再现在时间中延续的事物的，也就是说，图像不太适合用作叙事媒介。但事实上，艺术史上又

[①]　钱钟书：《读〈拉奥孔〉》，载《七级集》，生活·读书·新知三联书店 2002 年版，第 48 页。
[②]　龙迪勇：《模仿律与跨媒介叙事——试论图像叙事对语词叙事的模仿》，《学术论坛》2017 年第 2 期，第 13—27 页。

确实存在大量的叙事性图像，而其叙事性效果其实并不是通过模仿现实生活中的事物本身实现的，而是通过模仿一个语词或文本已经讲述过的故事来实现的，也就是说，此类叙事性图像其实并没有像"镜子"那样映射故事本身，它们所提供的仅仅是一幅通达语词叙事的"地图"①。一般而言，像雕塑、绘画那样的自由创造性图像更容易成为叙事性的"地图"，而像照片这样的机械复制性图像则更容易成为映射事物本身的"镜子"。仔细分析起来，如果仅就单幅的"静止图像"而言，与绘画比较起来，照片其实是更不适合用来叙述故事的，因为其机械复制性的"镜子"特性决定了它模仿动作或时间的能力更为低下，所以照片的"叙事属性"更弱，其叙事能力自然更弱。也正因为如此，早期摄影史上曾出现过著名的"画意摄影"艺术思潮。

所谓"画意摄影"，指的是出现在 19 世纪晚期的一种试图模仿绘画（并进一步通过绘画去模仿语词）而提升摄影艺术地位和叙事能力的摄影思潮。关于这一摄影思潮出现的背景，有学者这样概述道："在 19 世纪，除了科学和工业模式，摄影也曾试图与艺术这道一直以来被视为最遥不可及的风景

---

① "镜子"与"地图"是贡布里希在《镜子与地图：图画再现的理论》一文中所提出的关于图像分类的概念，前者重在"复制"或"模仿"，后者重在"指示"或"索引"。（贡布里希：《镜子与地图：图画再现的理论》，载《图像与眼睛——图画再现心理学的再研究》，范景中、杨思梁等译，广西美术出版社 2016 年第 2 版，第 165—204 页。）

相媲美,但它似乎认为自己还没有太大把握。……自 19 世纪 80 年代末期开始,在不断提高的美学理论运动中,英国推出了传统的艺术摄影与之呼应,此时在国际社会也出现了第一次围绕艺术实践的摄影活动——画意摄影,它成为 19 世纪和 20 世纪之交摄影的重要转折点。摄影的艺术范畴在摄影诞生后的第一个 50 年形成,同时声称建立自己的艺术形式,确立自己的基准和价值。然而,无论如何它还是停留在这一时期以美学基础为依据的臆造状态,主要表现为主题上的矫揉造作,并且依赖于绘画专有的正统样式。在摄影艺术理论建立的苦难历程里,19 世纪艺术摄影的历史实质上是一种主观臆想的历史。但事实上,它依然顽强地构成了随后建立的整个 20 世纪摄影史的一部分。"①

关于画意摄影,我们当然可以批评它"矫揉造作",批评它丧失了媒介自身的本质属性,但无论如何,这种摄影类型在开始阶段确实提升了自身的叙事能力和艺术水准,并促成了一批在摄影史上熠熠生辉的摄影艺术作品,像奥斯卡·古斯塔夫·雷兰德的《两种人生》(1857)、亨利·佩奇·鲁滨逊的《弥留》(1858)和《夏洛特夫人》(1861)、克莱门蒂娜·哈瓦登夫人的《克兰门蒂娜和伊丽莎白·佛罗伦萨在王

---

① 安德烈·冈特尔、米歇尔·普瓦韦尔:《世界摄影艺术史》,赵欣、王帅译,中国摄影出版社 2016 年版,第 180 页。

子花园》(约 1859—1861)以及童话作家路易斯·卡罗尔的很多戏剧扮演风格的照片,都是此类摄影图像中的佳作。无疑,绝大多数画意摄影作品都是对绘画艺术及其背后深远的语词传统的模仿,而这类对他种艺术或他种媒介的模仿,尽管也带来了一些问题,但总体来说这种跨媒介的艺术形式取得了巨大的成功,尤其是在摄影艺术还没有形成自己的艺术风格和价值标准的时候。下面,我们仅以雷兰德的《两种人生》为例,对画意摄影的叙事特征和艺术风格做简要说明。

关于画意摄影名作《两种人生》的产生背景、构图风格和叙事特征,摄影史学者米歇尔·普瓦韦尔有很好的论述:"由于英国拉斐尔前派强大的影响力和对 15 世纪文艺复兴大师们的狂热崇拜,形成了一段沉浸于历史折中主义的时期。于此,摄影必须超越障碍:摄影师可以考虑将另一个时期的审美趣味带到摄影中来,同时应专注于具有寓意的主题。瑞典历史题材画家奥斯卡·古斯塔夫·雷兰德创作的《两种人生》(The Two Ways of Life),是 1857 年曼彻斯特展览中具有代表性的作品,其尺寸约为 78.7 × 40.6 厘米,且拥有一个寓意深远的题目。……这幅作品参照了拉斐尔的雅典学院风格,迄今在作品中还保留着真正具有教育意义的良好道德观念。雷兰德采用一个画面包含双重叙事的构图,讲述一则年轻人如何选择人生道路的寓言。他运用对称的构图形式,让父亲和他两侧的儿子集中于画面中央。右侧这位年轻人显示出诚实和谦逊、知识和劳作等多重寓意。相反，左边的则做出侧耳倾听状，表现出对奢侈腐化、娱乐赌博和性欲情色的迷恋。在这种我们今天称之为'矫饰夸张'的形式里，雷兰德找到了运用多重曝光的理由，然而由于对女性裸体给予过多的表现，最终稍微有损于其作品中的道德寓意。……《两种人生》最终成为摄影艺术的象征。但是这张照片的重要性主要在于它是卓绝技术的产物。因为艺术家只是按照一些具有绘画特色的流行模式，邀请多位演员参加寓言角色的扮演，而他们从未被召集到一起摆姿势拍摄。事实上，这张照片使用的蒙太奇手法比电影还要多：为了实现这样一个集会场景的片段，雷兰德至少整合了 32 张底片。……它表明了雷兰德这则寓言的实现方式，选择不同的姿势，按逐个拍摄下来之后再重新组合，只是为了最终得到一张协调统一的照片。在这项绝技里，雷兰德确立了'组合印制'技术，从而突破了因为静态作品拍摄苛求姿势的限制等更多的不可能。这种技术使摄影勇敢地敞开了纯粹虚构的大门。"[1]

由于"虚构的大门"被画意摄影所打开，所以摄影的叙事能力得到了大大的提升。但事实上这并非摄影这种媒介自身所特有的本质属性，因为从摄影刚被发明的时候开始，人

---

[1]　安德烈·冈特尔、米歇尔·普瓦韦尔：《世界摄影艺术史》，赵欣、王帅译，中国摄影出版社 2016 年版，第 182—183 页。

们其实就赋予了照片这一图像形式一种真实再现外在事物的功能，正如爱伦·坡所说，照片与再现之物的高度一致性，证明它所达到的是"最高境界的完美的真实"。在回应坡的这种看法时，现代主义摄影师爱德华·韦斯顿把摄影再现事物的"精确性"说得更为清晰："首先是其无与伦比的精确性，尤其是在记录微小的细节上；其次，它有着由黑到白的一系列不间断的无限微妙渐变的过渡。这两个特质构成了照片的标志，它们涉及整个过程的机械性，是人手制作出的任何作品都无法复制出来的。"① 就摄影史上的实际情况而言，只有当摄影师们真正认识到照片在再现外在事物时的"真实性"与"精确性"特质并在这一维度进行实质性的开拓创新的时候，摄影才能真正告别"画意主义"而过渡到"现代主义"时期。

自然，并非所有"现代主义"时期的摄影作品都是叙事性的，但就这种摄影图像的叙事本质来说，无非是作为"时间切片"（苏珊·桑塔格语）的照片记录（叙述）时间进程中的一个故事：就单幅照片而言，要充分地叙述一个故事，拍摄者最好选择一个事件发展进程中的"决定性瞬间"（布列松语），从而使这一特殊的叙事性场景唤起观者的联想，

---

① 威廉·米切尔：《重组的眼睛：后摄影时代的视觉真相》，刘张铂泷译，中国民族摄影艺术出版社 2017 年版，第 11—12 页。

并促使其在意识中完成一个叙事行为。当然，用一张照片完整、清晰地叙述一个故事的情况极为少见，更为常见的摄影叙事（如摄影报道）是利用系列照片来讲述一个故事。在这种情况下，布列松的经验值得我们重视。例如，"有时自己觉得已经拍到了最好的照片，但这时依然必须继续拍摄，因为事件还在持续发展，我们无法真正预测到事情将会怎样发展"，"在拍摄过程中我们应该确保自己没有留下漏洞，已经对此进行了充分表达，因为事件一旦结束，一切都为时已晚，时间无法逆转，我们也无法再重新拍摄"。[①]

毋庸置疑，利用系列照片来讲述一个故事确实使摄影的叙事能力得到了大幅度的提升，因为这使得单幅图像在再现连续性的时间和动作时的障碍一扫而光；而且，多幅摄影图像的接续或并置，让客观、真实再现现实的照片具有了自由的编码能力，从而使得作为"外延符号"[②]的摄影图像也具

[①] 亨利·卡蒂埃-布列松：《思想的眼睛——布列松论摄影》，赵欣译，中国摄影出版社2013年版，第18页。

[②] "外延符号"与"内涵符号"及与之相关的"外延讯息"与"内涵讯息"是法国理论家罗兰·巴特提出的符号学概念。巴特认为，文学、图画等模仿性艺术，"都包含着两种讯息：一种是外延的，即相似物本身；另一种是内涵的，它是社会在一定程度上借以让人解读它所想象事物的方式"。"讯息的这种二元性特征，在非摄影的所有复制活动中都是明显的。""然而，原则上，对于摄影来说，根本不是这样的；无论如何，对于新闻摄影来说根本不是这样的，因为新闻摄影从来就不是一种'艺术'摄影的问题。照片作为真实之物的机械性相似物，其首要的讯息是在某种程度上完全地充满其实体，而不留下可以形成第二种讯息的任何位置。"（罗兰·巴尔特：《摄影讯息》，载《显义与晦义——文艺批评文集之三》，怀宇译，中国人民大学出版社2018年版，第6、8页）。这就是说，像单幅摄影图像这样的"外延符号"指向的仅仅是"相似物本身"，因此，单幅摄影图像进行内涵性符号编码的可能性很小，其叙事能力极弱，而系列摄影图像则大大地改变了这种状况。

有了"内涵符号"般生产"内涵讯息"的无限可能性。尤其是，当摄影这样的静态图像进一步发展成电影这样的动态图像之后，其内涵编码、再现时间、叙述故事的能力更是提高到了和语词几乎等同的地位，而其生动性、具体性和即时性却非语词叙事所能够比拟的，于是，像詹姆斯·乔伊斯和约翰·多斯·帕索斯这样的作家便开始反过来模仿电影的叙事方法或叙事结构了。当然，这已经是另一个问题，这里不再赘述。

总之，像照片这样的"弱叙事媒介"要达到流利叙事的目的，要么想办法弥补自身的缺陷，借助技术力量或手段，使"时间切片"延展为时间序列，即通过图像的序列化而延展叙事时间，从而改变表达媒介的"叙事属性"；要么像"画意摄影"一样，通过模仿另一种媒介的特性或长处，进行特殊的跨媒介叙事。当然，除了跨媒介叙事，"弱叙事媒介"还可以和另一种或多种表达媒介组合在一起，如音符或曲调和语词（歌词）组合、建筑和图像（绘画、雕塑）组合等，进行多媒介叙事。

研讨专题

1.目前存在很多误用"媒介"概念的现象，比如不区分表达媒介和传播媒介，除此之外，还有哪些具体表现？

2.亚里士多德的模仿媒介理论和莱辛的"诗""画"关

系理论对于叙事媒介研究做出了什么贡献？如何评价玛丽－劳尔·瑞安提出的"叙事属性"概念？

3."叙事属性"弱、叙事能力弱的媒介如何克服自身的弱点，达到流利叙事的目的？

拓展研读

1. 亚里士多德：《诗学》，陈中梅译注，商务印书馆1996年版。

2. 莱辛：《拉奥孔》，朱光潜译，人民文学出版社1979年版。

3. 玛丽－劳尔·瑞安：《故事的变身》，张新军译，译林出版社2014年版。

4. 钱钟书：《七缀集》，生活·读书·新知三联书店2002年版。

5. 安德烈·冈特尔、米歇尔·普瓦韦尔：《世界摄影艺术史》，赵欣、王帅译，中国摄影出版社2016年版。

6. 亨利·卡蒂埃－布列松：《思想的眼睛——布列松论摄影》，赵欣译，中国摄影出版社2013年版。

7. 罗兰·巴尔特：《显义与晦义——文艺批评文集之三》，怀宇译，中国人民大学出版社2018年版。

第三章

/Chapter 3/

艺术的多媒介叙事

本章拟通过具体考察西方浪漫主义文学的"总体艺术"特征，来探讨艺术的多媒介叙事这一重要现象。

法国学者让·贝西埃认为，浪漫主义文学思想的一个重要特征就是"突出该思想与非文学领域的不可分割的联系"[1]，而他所说的"非文学领域"指的主要是音乐、绘画等艺术领域。对此，英国观念史学者以赛亚·伯林在《浪漫主义的根源》一书中说得非常明白："浪漫主义运动一诞生便与艺术息息相关。""在某种意义上，浪漫主义与艺术之间的关系较之它与其他领域的关系要紧密得多。……我们完全可以肯定浪漫主义运动不仅是一个有关艺术的运动，或一次艺术运动，而且是西方历史上的第一个艺术支配生活其他方面的运动，艺术君临一切的运动。在某种意义上，这就是浪漫主义运动的本质。"[2] 如此看来，要研究西方浪漫主义文学，考察

---

[1] 让·贝西埃、伊·库什纳、罗·莫尔捷、让·韦斯格尔伯主编：《诗学史》（下册），史忠义译，百花文艺出版社 2002 年版，第 509 页。
[2] 以赛亚·伯林：《浪漫主义的根源》，吕梁等译，译林出版社 2011 年版，第 3 页。

其与艺术之间的关系是至关重要的，因为正是这种关系构成了"浪漫主义运动的本质"。当然，"艺术"既包括像音乐这样的时间艺术，也包括像绘画、雕塑这样的空间艺术，还包括像舞蹈、戏剧这样的时间－空间艺术，但浪漫主义文学与音乐、舞蹈、戏剧等艺术门类之间的关系，不在本章的考察范围之内，下面仅探讨浪漫主义文学与图像的关系。而要有效地讨论这个问题，首先需要明了的便是西方浪漫主义文学的"总体艺术"特征。

第一节 :
作为"总体艺术"的西方浪漫主义文学 ·

西方浪漫主义文学之所以与艺术有着千丝万缕的紧密联系，关键就在于浪漫主义作家试图创作出一种综合性、整体性的文艺作品——"总体艺术"。事实上，浪漫主义文学最具根本性的特点就是这种所谓的"总体艺术"。"总体艺术"也叫"整体艺术"，这一概念首先出现在德国浪漫派哲学家特拉恩多夫的《美学》（1827）一书中，后被剧作家理查德·瓦格纳在《艺术与革命》（1849）、《未来的艺术作品》（1849）等论文中进一步发扬光大。

概而言之，"总体艺术"指的是一种融合各艺术门类（绘画、雕塑、建筑、音乐、文学等）与各表达媒介（图像、语词、音符等）而形成的诉诸视觉、听觉、触觉、嗅觉、味觉等各感官系统相互交织的综合性、统一性的文学艺术作品。在瓦格纳看来，最理想的"总体艺术"是戏剧，因为只有在戏剧中，建筑（剧场和舞台）、绘画（布景）、文学、音乐、舞蹈等各艺术门类才能真正统一成一个有机的整体。关于他心目中理想的"总体艺术"——戏剧，瓦格纳这样写道："未来的艺术作品将具有一种共同的性质，它们也只有根据共同的要求才能够产生。这种要求，我们迄今只是就个别艺术品种必然具备的实质从理论上加以阐述，然而实践上是只有采取一切艺术家组合的形式才是可以想象的，而构成这一组合的，则是一切艺术家根据同一时间和地点奔向一个确定目标的联合。这个确定的目标就是戏剧，大家在这里面联合起来，以便在共同参与之下把这特殊的艺术品种的特色发挥到高度丰富的程度。在发挥过程中大家同心协力地向各方面深入贯通，作为这番深入贯通的果实，就正是孕育那生机勃勃的、感性上活灵活现的戏剧。至于使它们各部分的参与成为可能，是的，使它们成为必不可少而且缺乏这一参与就根本不可能出现的东西究竟是什么，那正是戏剧的本来的核心：戏剧性的情节。"[1] 显然，瓦格纳认为，真正能在戏剧中把各"艺术品种"联合起来的，还是故事情节；也就是说，真正能把戏剧塑造成"总体艺术"的，还是戏剧舞台上的叙事行为，也即展示"戏剧性的情节"这一核心要素。

　　至于能够创作出"总体艺术"的创作者，瓦格纳认为是"未来的艺术家"。那么，什么样的艺术家才是瓦格纳意义上的"未来的艺术家"呢？瓦格纳在上述引文中的说法——"一切艺术家组合"很可能会让人产生误解，认为"未来的

---

① 　瓦格纳：《瓦格纳论音乐》，廖辅叔译，上海音乐出版社 2022 年版，第 149 页。

艺术家"并非个体创作者，而是一个包含多个艺术家的集体。
这当然不是瓦格纳的本意。要明白瓦格纳的真正意思，我们
还必须仔细研究瓦格纳对"未来的艺术家"的以下解释：

> 那么，谁将是未来的艺术家？
>
> 无疑是诗人。
>
> 然而，谁将是诗人呢？
>
> 当然是演员。
>
> 反过来，谁又将是演员呢？
>
> 必须是一切艺术家的组合。[①]

　　尽管上述文字仍然没有明确指明"未来的艺术家"的具
体身份，但仔细推敲还是可以肯定：瓦格纳所说的"未来的
艺术家""诗人""演员"以及"一切艺术家的组合"，指的其
实是同一个人，即具有多种创作才能且能够创作出"总体艺
术"的创作者。对此，德国学者吕迪格尔·萨弗兰斯基说得
好："至于艺术和艺术家的四分五裂，瓦格纳梦想着一种整体
艺术作品，能将许多艺术门类统一起来，那是音乐、戏剧的
表演、文学，以及绘画和雕塑的造型艺术。整体艺术作品要
求整体艺术家集体的生产有可能吗？也许不，责任在个别艺

---

① 瓦格纳：《瓦格纳论音乐》，廖辅叔译，上海音乐出版社 2022 年版，第 148 页。

术家身上……"① 除了指出"总体艺术"的综合性特征，萨弗兰斯基的这段话还包含了以下信息：创作这种整体性的作品需要作为"整体艺术家"的"个别艺术家"，而不能指望"集体的生产"；能创作出"整体艺术"的"整体艺术家"非常少见，所以连瓦格纳这样的天才都只能"梦想着一种整体艺术作品"。无疑，像瓦格纳所说的那种能综合多种艺术门类或多种艺术媒介的"总体艺术"作品，其创作是非常困难的，几乎是难以实现的，所以它往往只能是一种"未来的艺术作品"。正因为如此，所以一般来说，只要能融合两种艺术门类或两种艺术媒介的文艺作品，就可以称为"总体艺术"作品。

对于作为"总体艺术"的西方浪漫主义文学，我们还需要明白的是：尽管这个概念于 1827 年才由特拉恩多夫正式提出，但"总体艺术"这一最能反映浪漫主义精神实质的文艺思想其实早就有了，如弗里德里希·施勒格尔（又译作"弗里德里希·施莱格尔"）于 1798 年提出的"总汇诗"，在精神实质上就是一种进步的浪漫主义的整体文艺："浪漫诗是渐进的总汇诗。它的使命不仅在于重新统一诗的分离的种类，把诗与哲学和雄辩术沟通，它力求而且也应该把诗和散文、天才和批评、艺术诗和自然诗时而混合起来，时而融汇于一

---

① 吕迪格尔·萨弗兰斯基：《荣耀与丑闻——反思德国浪漫主义》，卫茂平译，上海人民出版社 2014 年版，第 288 页。

体，把诗变成生活和社会，把生活和社会变成诗，把机智加以诗化，用各种各样纯净的文化教养的材料作为艺术形式的内容，充实艺术，并通过幽默的震颤给艺术形式灌注灵魂。浪漫诗包罗了一切稍有诗意的东西……只有浪漫诗能够像史诗那样，成为周围整个世界的一面镜子，成为时代的肖像。"[1]正如狄特·波希迈耶尔所指出的，在特拉恩多夫、瓦格纳之前，"综合各个艺术门类的思想，已经在浪漫派的艺术理论中发挥过重要作用"[2]。尤为重要的是，特拉恩多夫所提出的"总体艺术"概念，其实正是对此前文艺创作实践的精准概括，因为到1827年他正式提出这个概念的时候，浪漫主义作家已经创作出了一大批颇具代表性的堪称"总体艺术"的文学作品。

从创作心理学的角度来说，浪漫主义文艺所倡导的"总体艺术"其实是与创作时的心理活动非常吻合的，比如说，要创作一篇小说，这种所谓的"总体艺术"就能够把作家创作这一叙事作品时的所思所想相对完整地记录下来。有过写作经验的人都知道，当作家们构思小说时，那些来到他们意识中的事物是既快又多的，哪怕是在一分钟之内，那些出现在他们意识中的事物完全可以用成千上万来形容。而对于这

---

① 弗里德里希·施勒格尔：《雅典娜神殿断片集》，李伯杰译，生活·读书·新知三联书店2003年版，第72页。
② 狄特·波希迈耶尔：《理查德·瓦格纳：作品—生平—时代》，赵蕾莲译，黑龙江教育出版社2015年版，第178页。

种"万象齐临"的意识状态，作家们的记录手段——语词却往往会显得不够用：他们常常感到，如果写下了这个，就很可能忽视了那个；如果考虑到了一种可能性，就可能无法考虑其他更多的可能性。尤其让他们感到难堪的是，那些事件差不多是同时来到意识中的，而语词却必须遵循一种线性的叙事秩序。对于创作时的这种状况，阿根廷著名作家博尔赫斯在其小说《阿莱夫》中就有非常生动的描述。所谓"阿莱夫"，是叙述者在特殊情境下所看到的一个"闪烁的小圆球"，"直径大约两三厘米"，但这个小圆球包含了世上的万事万物。面对"阿莱夫"这样一个无限的小圆球，叙述者的绝望心情是可想而知的，正如博尔赫斯在小说中所叙述的，"现在我来到我的故事难以用语言表达的中心，我作为作家的绝望心情从这里开始。任何语言都是符号的字母表，运用语言时要以交谈者共有的过去经历为前提；我羞惭的记忆力无法包括那个无限的阿莱夫，我又如何向别人传达呢？……此外，中心问题是无法解决的：综述一个无限的总体，即使综述其中一部分，是办不到的。在那了不起的时刻，我看到几百万个愉快的或者骇人的场面；最使我吃惊的是，所有场面在同一个地点，没有重叠，也不透明，我眼睛看到的事是同时发生的，我记叙下来的却有先后顺序，因为语言有先后顺序"①。

---

① 豪尔赫·路易斯·博尔赫斯：《阿莱夫》，王永年译，上海译文出版社2015年版，第192—193页。

如此看来，任何用语词叙述出来的故事都不可能完整地再现像"阿莱夫"这样的"一个无限的总体"——而创作时的意识状态正是一种类似"阿莱夫"的东西，也就是说，任何叙述行为都必须经历一个选择与抛弃的过程：选择一种或少数几种叙述的可能性，而抛弃其他众多的可能性。意大利作家伊塔洛·卡尔维诺就曾经谈到过创作时的这种状况。他把写作活动的"开始"视为"一个决定性的时刻"——"抛弃那些数不胜数的、多姿多彩的各种可能性，奔向那尚不存在的，但如果接受某些限制或规则就可能存在的东西"①。而且，在卡尔维诺看来，无论是对于小说家还是对于诗人来说，写作的"开始"都是这样一个面临艰难的选择与抛弃的时刻——"每一次开始都是这样一个抛弃众多可能性的时刻：对讲故事的人来说，就是要抛弃众多可能讲述的故事，把他决定当天晚上要讲述的那个故事区分出来，并把它变成可以讲述的一个故事；对于诗人来说，就是要从自己那混沌般的精神世界之中区分出某种感情，并使它与表达某种感觉或思想的词语和谐地结合在一起"②。

显然，如果没有义无反顾地把出现在意识中的众多事件和组织事件的各种可能性抛弃，我们便不可能写出任何形式

---

① 卡尔维诺:《美国讲稿》，萧天佑译，译林出版社 2012 年版，第 121 页。
② 卡尔维诺:《美国讲稿》，萧天佑译，译林出版社 2012 年版，第 121—122 页。

的叙事作品。就此而言，那种囊括一切的真正意义上的绝对性的"总体艺术"是任何作家和艺术家都不可能创作出来的；但相对意义上的"总体艺术"通过特定的创作手段还是可以实现的，而这也正是西方浪漫主义作家在理论上积极提倡并付诸创作实践的。

那么，西方浪漫主义作家在叙事作品中实现"总体艺术"的路径究竟有几种呢？我们认为概括起来无非是以下两种：（1）多媒介叙事；（2）跨媒介叙事。就叙事媒介的使用方式而言，这其实正符合施勒格尔在表述"总汇诗"时所说的"时而混合起来，时而融汇于一体"[①]。所谓多媒介叙事，就是两种或两种以上的媒介（语词、图像等）"混合起来"共同完成一个叙事行为；所谓跨媒介叙事，则是把两种或两种以上媒介的特性或长处（如图像的空间效果、音符的抽象性与直接性等）"融汇"于一种媒介（语词）的叙述之中，使文字性的叙事文本在某种程度上具有音乐或图像的美学效果。限于篇幅，这里仅探讨西方浪漫主义文学的多媒介叙事问题，具体探讨其图文关系。

众所周知，作家们用来叙事的媒介是语词，但语词这种媒介在叙事时的优点和缺点都是非常明显的：其优点是可以

---

① 　弗里德里希·施勒格尔：《雅典娜神殿断片集》，李伯杰译，生活·读书·新知三联书店 2003 年版，第 72 页。

很好地根据时间进程把一连串事件组织成一个具有因果关系的情节，其缺点则是无法把那种"阿莱夫"式的共时性事件清晰地、有秩序地叙述出来。与语词相比，尽管图像因其空间特性而无法完整和流利地叙述一个持续时间较长的故事，但其特性比语词更利于展示多个共时性的事件。正是因为表达媒介的上述特性，所以运用语词的作家们在碰到像"阿莱夫"那样的叙述对象时，往往会借用图像那样的空间叙事媒介去尽可能地完成一种与共时性事件相适应的"总体艺术"作品。无疑，最直接的借用就是把图像与语词相混合，从而形成一种以两种媒介共同讲述一个或多个故事的图－文体叙事作品。这正是西方浪漫主义作家（如瓦肯罗德、霍夫曼、雨果、乔治·桑、普希金、莱蒙托夫等）往往喜欢在文字性的手稿上画上各种图像（或涂鸦）的根本原因；而且，这种多媒介叙事也正是西方浪漫主义作家试图在叙事作品中实现"总体艺术"的基本路径之一。

概括起来说，当文字与图像共同构成一个"作品"的时候，它们之间的关系不外乎以下三种：第一，在文字性文本中插入图像，这就是所谓文学作品的插图。根据图像与文字的关系，此类插图有多种形式，但不管哪一种形式，在同时拥有文字和图像的作品中，图像都是强行插入文字性文本之中的，文字性文本实际上可以脱离图像而存在。显然，在这种情况下，文字在整个文学文本中起着主要的、支配性的作用，而图像则仅仅起一种附加的、装饰性的作用。第二，在图像作品中添加文字，所添加的文字往往成为图像的组构成分，或者"溶解"于图像之中而不容易被人一眼就看出来。无疑，在这种情况下，图像在整个作品中的地位是主导性的，而文字则应以不影响整个作品且整个作品仍被观者视为图像作品为要务。比如，在德国画家菲利普·奥托·朗格于 1805年所画的《夜莺的课程》（见图 3-1）[①]这幅画中，我们就可以看到图像（绘画）与文字（诗歌）的这种关系。

图 3-1 《夜莺的课程》

---

① 玛丽亚·特雷莎·卡拉乔洛：《浪漫主义》，王文佳译，北京美术摄影出版社 2016年版，第 113 页。

关于《夜莺的课程》中的图文关系，有学者这样描述道："画面正中有一枚椭圆，里面是化身为人的普赛克——她的面貌酷似画家的妻子，他挚爱的波琳娜——正在给一个手拿笛子的小爱神上音乐课；一行哥特字体写就的铭文组成纤细的椭圆边框，那是克洛普斯托克献给森林深处和谐乐声的诗句：'吹笛子吧！一时高音，／一时低音，直至无声，／随后高声吹奏，响彻整片森林！／吹吧，吹响笛子，让乐声消失在玫瑰花蕾中。'"①

第三，文字和图像在整个作品中和谐共存，它们共同构成一个有机的不可强行切分的图文一体的文学作品。显然，在这种图－文体作品中，很难说文字和图像哪一个更重要，在创作者的心目中它们都重要，都是构成其完整作品的有机成分，也就是说，只有这种图－文体作品才是我们的研究对象。对于这种图文一体的文学作品，还需要明确的是：无论是作家的手稿还是被印刷出版的文学作品，文字都是呈现在纸上的，所以此类作品中的"图像"一般是指绘画这样的平面图像，因为像雕塑之类的三维立体图像是无法被完整地复制到纸上的，而且雕塑一旦被印刷到纸张之上就已经不是真正意义上的雕塑了。

---

① 玛丽亚·特雷莎·卡拉乔洛：《浪漫主义》，王文佳译，北京美术摄影出版社 2016 年版，第 112 页。

在上述三种图文共处的作品中，第一种类型所涉及的文学作品中的插图，尽管在浪漫主义文学作品中大量存在，但由于它并非浪漫主义文学运动所刻意追求的，而且尤为重要的是，尽管并不能完全排除作家为自己发表的文学作品画插图的情况，但一般而言文学作品中的插图并非出自作家本人而往往出自他人之手，所以插图并不必然体现浪漫主义文学运动的真实面貌和创作追求。出于这种考虑，关于浪漫主义文学作品中的插图情况，我们就不讨论了。而第二种类型中的图像创作者一般是艺术家，而文字的创作者则既可能是他人，也可能是艺术家自己。正如前面所指出的，这种类型中的图文关系是以图像为主的，文字则往往隐而不显，所以无论创作图像中的文字的是他人还是画家自己，这些文字都会被图像所吞噬，此类作品完全可以被我们理所当然地视为"图像"作品（难以被视为文学作品），这显然超出了我们所限定的"文学"范围。我们认为，只有第三种类型，也就是图文一体的作品，才是最符合浪漫主义作家的理论旨趣和文学理想的作品——因为此类作品已经构成了一种"总体艺术"，而这正是西方浪漫主义文学最为本质的特征。

第二节 ·
西方浪漫主义作家对"总体艺术"的理论探索 ·

　　西方浪漫主义作家图文一体的文艺观反映了一种整体主义的世界观，这种观念的形成当然与 18 世纪晚期这个特定的时代背景分不开。

　　浪漫主义文学其实是在与"旧时代"也就是启蒙时代的对抗中发展起来的。自 17 世纪以来，随着牛顿划时代的《自然哲学的数学原理》的出版，随着物理学、生物学等自然科学的迅猛发展，科学与理性成为时代精神的大潮，其结果便是促成了"世界图景的机械化"[①]。这种情况持续到 18 世纪晚

---

① 《世界图景的机械化》是荷兰科学思想史学家爱德华·扬·戴克斯特豪斯的一部重要的科学思想史著作。戴克斯特豪斯认为，科学不仅对自然科学也对社会文化产生了巨大的影响，但科学的精神及其世界观并不总是符合人的内在需求和人类对自身生存的理解，因此，他极力倡导用科学史来弥补科学与人文之间的鸿沟。当然，"世界图景的机械化"在启蒙时代（理性时代）就已经成为一个历史事实，对此，人们有不同的看法："有些人把它看成人类思想渐趋明朗的征兆，预示着能在一切知识领域获得可靠结果的唯一方法不断得到应用。即使后来的物理科学不得不放弃经典机械论的一些基本原理，这种方法的价值也依然未受损害；另一些人虽然认识到，机械论观念对于理论认识的进步和对自然的实际控制至关重要，但认为它对于哲学科学思想以及社会的一般影响几乎是灾难性的。在他们看来，让其他科学分支尽可能地效仿物理科学的研究方法绝非方法论的理想。他们往往认为，思想受制于机械论观念是世界在 20 世纪（尽管有各种技术进步）陷入精神纷乱和困顿的主要原因。"（爱德华·扬·戴克斯特豪斯：《世界图景的机械化》，张卜天译，商务印书馆 2018 年版，第 4 页）

期，不仅科学被分成了许多高度专业化的学科，劳动也被分化成许多不相关联的技能，政权则被划分为许多具有独立职能的机构，甚至完整的人自身也被肢解成若干碎片了。这种时代精神反映到文学上，就是数学般的理性和精确成了作家们追求的目标。对于这种深受数学影响的文学风气，美国数学史家莫里斯·克莱因说得好："就像20世纪美国的商人由于商业上的成功而成为时代的权威一样，17、18世纪的数学家也由于成功地揭示和阐明了自然界的秩序，而成为当时文学的仲裁者，从语言、语法形式、语言风格一直到文学内容。当时，最杰出的大文豪也认为自己的作品与数学、科学著作比较起来相形见绌；并且认为只有以这些著作为榜样，诗歌和散文才有可能提高。"[1] 这种文学风气最突出的表现就是语言的标准化和文体的纯粹化，语言标准化的结果自然是"使语言丧失了细腻的、丰富多彩的词汇"[2]，而文体纯粹化的结果则导致了"总体艺术"——一种整体性、综合性的文学艺术的瓦解。

事实上，在此之前的漫长的西方文学艺术的历史中，诗歌、舞蹈、音乐和建筑、雕塑、绘画一般是以一种整体的面貌呈现的；而且，在文学文本的内部，诗歌（韵文）和散文

---

[1] 克莱因：《西方文化中的数学》，张祖贵译，复旦大学出版社2004年版，第271—272页。
[2] 克莱因：《西方文化中的数学》，张祖贵译，复旦大学出版社2004年版，第272页。

也往往是结合在一起的。而经过理性主义和启蒙运动的洗礼之后，"从18世纪末开始，各种不同的艺术开始相互分离。每一种艺术都在努力寻求自身的独立、自主、自足；每一种艺术都极力追求（一种带有双重含义的）'绝对性'。每一种艺术，都力图把自己完整的纯粹性展现出来——事实上，它们甚至把这种纯粹性提升到了某种道德假定的高度"①。这种在语言、文类乃至风格上追求清晰、纯粹、独立的结果，当然是"整合艺术品（the composite art work）的彻底分崩离析"②。

在这样的时代语境下，崇尚整体性的浪漫主义作家便起来反抗了。"浪漫主义运动提倡整合艺术品的创作，显然，这是对艺术分立的真正抵制。这场运动对整合艺术品的渴求是千真万确的，尽管事实上它并没有发挥出抵制艺术分立的原动力。"③ 这里特别值得注意的是德国的情况，因为正是德国的浪漫派作家站在整体主义的立足点上，最早且最完整地对"总体艺术"进行了卓有成效的理论探索，从而为浪漫主义文学提出了完整的理论纲领。对此，范大灿先生这样解释道："在德国，政治和经济的转型相对于英、法等国来说要缓

---

① 汉斯·泽德迈耶尔：《艺术的分立》，王艳华译，载周宪主编：《艺术理论基本文献·西方当代卷》，生活·读书·新知三联书店2014年版，第62页。
② 汉斯·泽德迈耶尔：《艺术的分立》，王艳华译，载周宪主编：《艺术理论基本文献·西方当代卷》，生活·读书·新知三联书店2014年版，第70页。
③ 汉斯·泽德迈耶尔：《艺术的分立》，王艳华译，载周宪主编：《艺术理论基本文献·西方当代卷》，生活·读书·新知三联书店2014年版，第71页。

慢得多，包括文学家和艺术家在内的知识分子并没有直接卷入政治和经济转折的浪潮中，而是游离在社会变革之外，成为旁观者。因此，他们关心的就不是社会变革本身，而是它带来的后果。他们对整体的丧失无比忧虑，对人被肢解和个人自主以及自由的丧失更感到痛心疾首。于是，至少在观念中保持整体、在艺术中保持人的完整和自由，就成为他们共同的强烈要求。"[1] 这就是说，浪漫主义者一开始就崇尚整体主义，并把整体主义作为他们始终如一的追求。

　　浪漫主义者所崇尚的整体主义当然并不限于文艺，但对已经分裂的现实他们感到无能为力，所以便发展出以整体之文艺去替代分裂之现实的思想。"如果说，浪漫作家的第一个共同点是在观念中坚持整体、追求无限，那么他们的第二个共同点就是以文艺代现实，文艺不再是实现某种目的的手段，它自己本身就是自己的目的，它不受任何其他因素的制约，它是独立自主的，它是自由的。所以，也正因如此，人只有在文艺中才能成为完整的人，人只有在文艺中才能享有自己应有的自由。由此可见，'浪漫'这个概念是纯美学概念，在这一点上它与'启蒙'有根本的区别。'启蒙'是文化概念，它的基本含义就是人的解放以及个人如何成为能够

---

① 范大灿:《解读〈一个热爱艺术的修士的内心倾诉〉——代译序》，载瓦肯罗德:《一个热爱艺术的修士的内心倾诉》，谷裕译，商务印书馆 2016 年版，第4—5 页。

管制自己和支配自然的主人。'启蒙'这个概念不仅适用于
文学艺术，也适用于其他许多领域，如宗教、政治、自然科
学等等，而且在所有属于'启蒙'的这些领域中哲学都占有
主导地位，文艺也不例外。与此相反，'浪漫'首先是个审
美概念，哲学在这里只起辅助作用，它只是用于界定和进一
步发展'浪漫'这个概念的手段。"①"浪漫"这个纯美学概念
当然不能总是停留在抽象的阶段，它必须具体化，具体化的
表现形态就是下面将要论及的"总体艺术"，而"图文一体"
则是这种"总体艺术"最主要的表现形式②。

　　最早表述浪漫主义"总体艺术"这一纲领性理论观点的
是有着浪漫派"开拓者"之称的德国理论家弗里德里希·施
勒格尔。在《雅典娜神殿断片集》中，施勒格尔认为自己
所提倡的"浪漫诗"是一种进步的整体文艺——一种"总汇
诗"。所谓浪漫主义的"总汇诗"，无非是把一切具有浪漫主
义特征的诗意材料、诗性生活或诗性文本汇于一体，使之成
为一种具有总体意义的文艺作品。施勒格尔精辟地指出，"浪

---

① 范大灿：《解读〈一个热爱艺术的修士的内心倾诉〉——代译序》，载瓦肯罗德：
《一个热爱艺术的修士的内心倾诉》，谷裕译，商务印书馆2016年版，第6页。
② 像音乐这种以音符为媒介并且诉诸听觉的艺术形式，其实是很难与主要供人们
阅读且必须诉诸视觉的文字性作品构成真正意义上的"总体艺术"的，因为"总体艺
术"在媒介形态上要求必须至少有两种不同的表达媒介共同出现在一个作品之中：文
字与图像很容易做到这一点，而文字与真正的音乐却难以做到。当然，文字与乐谱可
以共同构成一个文本，但乐谱并不能与真正的音乐画等号；此外，文学作品也可以通
过文字去追求某种音乐的效果，但这已经不是"总体艺术"的问题，而是文学的"跨
媒介"书写问题。

漫诗包罗了一切具有诗意的东西",所以浪漫主义诗歌能够"成为周围整个世界的一面镜子,成为时代的肖像"。[①] 对于施勒格尔所谓"渐进的总汇诗",德国学者彼得·皮茨这样解释道:"'渐进的'意味着浪漫主义运动并没有摈弃遵循古典主义的新古典主义原理,当然也没有反对这些原理,但是的确超越了它们。希腊艺术毋庸置疑的完美没有被封存,而是被纳入了面向未来的进程,纳入是为了不断地追求完美。浪漫派从本质上拒绝接受终极因论,他们并不以一项最终成果而故步自封,因为最终成果很快就会卷入渐进式主体无休无止的运动长河之中。对浪漫主义艺术家来说,没有'约束',因此无羁无绊;他们不受束缚,也不屈服于任何条件。他们的主观主义内核像恒星系那样膨胀扩大,仿佛伸进了宇宙。这种奋斗不息是浪漫主义的母题,即人们不断动身前往新的彼岸,因为在已经抵达的地方还没有找到幸福。""施勒格尔提出的'渐进的总汇诗'中的第二个词也暗含了超越限制的想法。渐进的目标是指不可实现的普遍性。浪漫主义运动冲破了启蒙运动和新古典主义中所遵循的描绘事物的条条框框。"[②] 可见,浪漫主义作家既不封存"过去",也不隔绝"未

---

① 弗里德里希·施勒格尔:《雅典娜神殿断片集》,李伯杰译,生活·读书·新知三联书店 2003 年版,第 72 页。
② 彼得·皮茨:《从文艺复兴到浪漫主义运动时期各类思潮概况》,载罗尔夫·托曼主编:《新古典主义与浪漫主义——建筑·雕塑·绘画·素描》,中铁二院工程集团有限责任公司译,中国铁道出版社 2012 年版,第 11 页。在该书中,"渐进的总汇诗"被译为"渐进式通体诗化"。为保证全书叙述的一致性,统一写作"渐进的总汇诗"。

来",而是试图汇集所有时代中"一切具有诗意的东西"——
这当然是一个难以实现的目标,但浪漫主义者愿意积极地进
行尝试。

后来,在《谈诗》一文中,施勒格尔在论及诗的体裁理
论时继续这样写道:"诗的体裁理论或许就是诗真正的艺术学
说。……节奏,甚至押韵的音步的原则具有音乐性。性格、
场景、激情的刻画中本质的、内在的东西,即精神,或许就
是以造型艺术和绘画艺术为家。"[1] 此外,在《论文学》这篇
论文中,施勒格尔进一步谈道:"各种最重要的文学现象,无
论是在科学还是在艺术的范围内,目前正在德国大规模地相
互渗透,于是造就出了一个各种现象相辅相成,同时又包容
一切的整体。"[2]

从施勒格尔的上述论断中不难看出,他所谓的"浪漫
诗",其实是一种不仅包含各种文学类型、各种话语形式,还
包含"哲学""雄辩术""科学"和"艺术"等其他学科在内
的综合性、总体性的文艺作品,也就是说,施勒格尔所倡导
的正是一种"总体艺术"。总之,在施勒格尔看来,"对于整
体所做的任何描述都不可避免地要变成诗","诗乃是整体最

---

① 弗里德里希·施勒格尔:《谈诗》,《浪漫派风格——施勒格尔批评文集》,李伯杰
译,华夏出版社 2005 年版,第 188 页。
② 弗里德里希·施勒格尔:《论文学》,《浪漫派风格——施勒格尔批评文集》,李伯
杰译,华夏出版社 2005 年版,第 244 页。

终的和最高的完善"。^① 也就是说，只要是对"整体"做出描述的作品，都可以称为施勒格尔意义上的"浪漫诗"；反过来说，这种对整体做出描述的"浪漫诗"也堪称"整体最终的和最高的完善"。对此，彼得·皮茨概括道："由于'渐进的总汇诗'不局限于任何特定的内容和形式，它也同样摆脱了束缚，迈进了文学以外的艺术领域。这个时期的德国文学借鉴最多的是音乐和绘画。作曲家和画家们反过来也关注文学，……'渐进'的推动力不仅仅超越了体裁和艺术的界限，而且迈进了艺术以外的领域，例如学说和哲学，直到最终所有的思想和存在领域都融入浪漫主义的普遍和谐之中。"^②

在德国，除弗里德里希·施勒格尔之外，奥古斯特·威廉·施勒格尔、诺瓦利斯、瓦肯罗德、蒂克和霍夫曼等人也都是浪漫主义"总体艺术"的倡导者和践行者，所以浪漫主义很快就在德国形成一股汹涌澎湃的思潮，并很快影响到了其他国家。比如，对于造型艺术与诗歌之间"交互的影响"，奥古斯特·威廉·施勒格尔就有以下符合浪漫主义"总体艺术"精神的看法："我总是对造型艺术与诗歌之间的关系很感兴趣。造型艺术从诗歌中借鉴能够令其脱离日常现实的想法，

---

① 弗里德里希·施勒格尔：《论文学》，《浪漫派风格——施勒格尔批评文集》，李伯杰译，华夏出版社 2005 年版，第 248 页。
② 彼得·皮茨：《从文艺复兴到浪漫主义运动时期各类思潮概况》，载罗尔夫·托曼主编：《新古典主义与浪漫主义——建筑·雕塑·绘画·素描》，中铁二院工程集团有限责任公司译，中国铁道出版社 2012 年版，第 12 页。

同时为流浪的想象添加明确的形象。如果没有这种交互的影响，那么造型艺术就会变得世俗而卑微，诗歌则会成为毫不可靠的幽灵。"① 当然，必须承认的是：在这些人之中，英年早逝的天才少年瓦肯罗德（不到二十五岁离世）及其撰写的《一个热爱艺术的修士的内心倾诉》影响尤为巨大。这不仅是因为瓦肯罗德的生活和命运本身在当时的作家中具有典型意义②，还因为他为德国浪漫主义制定了第一份完整的艺术纲领。尽管此前施勒格尔所提倡的"浪漫诗"是一种已经把各种艺术元素涵括进去的"总体艺术"，但施勒格尔思考的焦点仍然落在"诗"或文学上，而且他的倡导还停留在口号和"原则"上（与此相应，在文体上则主要采用"断片"的形式），对艺术本身以及文学与艺术的关系还缺乏具体、细致的分析。而瓦肯罗德则在施勒格尔的基础上在以下几个方面有所推进：第一，是在立足点上，瓦肯罗德已经把焦点放

---

① 玛丽亚·特雷莎·卡拉乔洛：《浪漫主义》，王文佳译，北京美术摄影出版社 2016 年版，第 112 页。

② 瓦肯罗德聪明、敏感、情感丰富、多愁善感，长于静观和幻想，特别喜欢文学和艺术，这与父亲从小对他进行的刻板的普鲁士式的家庭教育以及给他规定好的仕途格格不入，而他的天性和所接受的教育使他不敢也不会去反抗，最后的结局自然是因郁郁寡欢而过早地死亡。有学者分析指出："不论是就他的天资和性情，还是就他的兴趣和爱好，瓦肯罗德都不适合走由父亲给他规定的仕途之路，但由于天生性格软弱再加从小接受的教育，他不敢也不会违背父亲的安排。这就产生了这样一个矛盾，他愿意做而且也有能力去做的事情他不能做，他不愿意做而且也没有能力去做的事情他非做不可。随着他年龄的增长和阅历的增加，这个矛盾越来越明显、越来越尖锐，最后导致了悲剧的结局。"（范大灿：《解读〈一个热爱艺术的修士的内心倾诉〉——代译序》，载瓦肯罗德：《一个热爱艺术的修士的内心倾诉》，谷裕译，商务印书馆 2016 年版，第 9 页）

到"艺术"上了。在《一个热爱艺术的修士的内心倾诉》一书中，除去好友蒂克撰写的几篇，其他文章都是瓦肯罗德对艺术家、艺术作品或艺术理论的讨论。关于这一点，德国学者恩斯特·贝勒尔说得好："因为瓦肯罗德和蒂克，绘画和音乐这两种从未被耶拿派学者重视的艺术形式投入了早期浪漫主义理论的怀抱。绘画和音乐在施氏兄弟的早期著作中近乎绝迹，虽然诺瓦利斯在自己的断片中曾讨论过这些艺术形式，但他更多时候是把它们与诗类比，并未真正单独讨论过它们。但是，在瓦肯罗德和蒂克的批评文章中，艺术的整体观不再以诗为范式进行设想，而是以绘画和音乐的模式——或按二位好友的惯用说法——以绘画和音乐的语言为线索。这种对艺术的探索的新方向几乎全是瓦肯罗德的功劳。蒂克在某种程度上仿效了瓦肯罗德，但他最原创和最成功的，还是以小说和诗歌为媒介来处理这些主题，而非从理论上加以阐述。"[①]
第二，是在文体上，瓦肯罗德已经创造出了一种真正的浪漫主义"总体艺术"的典范形式。正如有学者所指出的，"这部文集的体裁也是多种多样，既有叙事性的艺术家生平记述，也有论证式的理论文章；既有事实的记载，也有凭空的虚构；既有小说，也有诗歌。它把各种体裁以及题材汇集在

---

① 恩斯特·贝勒尔:《德国浪漫主义文学理论》，李棠佳、穆雷译，南京大学出版社2017年版，第202页。

一起成为一个整体，成为名副其实的综合性的'整体文学'。这种写作形式同样具有划时代意义，因为在它以后出现的德国浪漫文学的作品大都采用了这种形式"①。第三，是在结构上，《一个热爱艺术的修士的内心倾诉》一书除作为"前言"的《致这部文集的读者》（由蒂克撰写）外，共有十七篇独立的文章（其中的三篇是由蒂克撰写的），这些文章借鉴了教堂中祭坛画（altarpiece）的形式来进行排列组合：以第九篇《缅怀我们德高望重的鼻祖阿尔布莱希特·丢勒》为核心，左右对称排列。关于这一点，恩斯特·贝勒尔已做过很好的解释："我们可以把这种排列与祭坛画的形式做比较。两者的主要差别当然是，祭坛画从左至右排列的圣徒与先知在这里变成了艺术家，而通常身处中央的基督则让位给了丢勒。"②

当然，尽管在具体实践和操作上，瓦肯罗德和施勒格尔有一些不同，但在对"总体艺术"的倡导方面，他们是高度一致的。瓦肯罗德认为："世间其实处处皆为对峙者，而每个人自己都不过是对峙的一方。他们永远只把自己所在的地方看作是整个地球的重心……""同样，他们把自己的感觉当作艺术美的中心，以法官的身份对一切事物下最后的判决，却丝毫没有意识到，他们不过是以法官自诩，被他们宣判的

---

① 范大灿：《解读〈一个热爱艺术的修士的内心倾诉〉——代译序》，载瓦肯罗德：《一个热爱艺术的修士的内心倾诉》，谷裕译，商务印书馆2016年版，第16页。
② 恩斯特·贝勒尔：《德国浪漫主义文学理论》，李棠佳、穆雷译，南京大学出版社2017年版，第204—205页。

人也同样可以以法官自居。"① 既然世间充满"对峙者"和自我中心主义者，那么如何才能走出这种狭隘的对峙状态呢？瓦肯罗德认为必须通过艺术，他指出："艺术可谓人类的感觉之花。它以永恒变化的形式从世间诸多的领域中高高耸起，伸向天空。艺术的种子为掌握着地球以及世上万物的父，散发着融合统一的芳香。"② 可见，在瓦肯罗德看来，无论是在人类感觉的领域中，还是在"美"的领域中，只有埋下"艺术的种子"，才能最终散发融合统一的芳香。

尤为重要的是，瓦肯罗德认为我们日常所说所写的"话语"——语言和文字是有局限性的，这种局限性只有通过"自然"和"艺术"这两种"神奇的语言"才能得到弥补。"通过话语我们统治着整个世界，通过话语我们轻而易举地获得地球上所有的宝藏。唯有飘忽于我们之上的那些无形的东西，语言无法将其引入我们心中。"③ 一般的语言难以表达那些"无形的东西"，即使在表述那些有形的、具体的事物时，语言也难免显得抽象和空洞："倘若我们能够道出世间万物的名字，那么它们便掌握在我们手中——但是，……它们虽然也是触动我们灵魂的事物，但当我们听到以名称谓它们

---

① 瓦肯罗德：《一个热爱艺术的修士的内心倾诉》，谷裕译，商务印书馆 2016 年版，第 47—48 页。
② 瓦肯罗德：《一个热爱艺术的修士的内心倾诉》，谷裕译，商务印书馆 2016 年版，第 47 页。
③ 瓦肯罗德：《一个热爱艺术的修士的内心倾诉》，谷裕译，商务印书馆 2016 年版，第 60 页。

时，耳中却只有空无一词的轰鸣，我们的精神尚不会如期变得庄严和崇高。"① 既然语词具有这样明显的缺陷，那么我们该如何弥补呢？瓦肯罗德认为只能通过另外两种"神奇的语言"："这两种神奇的语言，其一只出自上帝之口，其二则出自为数不多的遴选者之口，上帝为这些爱子施涂了圣油。我指的是：自然和艺术。"② 在瓦肯罗德看来，语词只能打动我们一半的自我，而"自然"和"艺术"却可以融入我们完整的生命，并从整体上打动我们："智者的教诲只能打动我们的头脑，也就是说，它只能打动我们一半的自我；而这两种神奇的语言——此刻我正在宣告着它们的力量——却既可以打动我们的感官，又可以打动我们的精神；或者更进一步说（我无法用别的语言表达），通过它们我们（自己所无法理解的）生命中的各个部分都被融合在一个新的有机体里，我们通过这两重道路去理解和掌握上天的奇迹。"③

在"自然"和"艺术"这两种"神奇的语言"中，瓦肯罗德认为"艺术"更为重要。之所以如此，是因为尽管它们都使用象形文字，都通过图像"讲话"，但"艺术"更具震撼我们内心的力量："艺术与自然是两种截然不同的语言，但

---

① 瓦肯罗德：《一个热爱艺术的修士的内心倾诉》，谷裕译，商务印书馆 2016 年版，第 60 页。
② 瓦肯罗德：《一个热爱艺术的修士的内心倾诉》，谷裕译，商务印书馆 2016 年版，第 61 页。
③ 瓦肯罗德：《一个热爱艺术的修士的内心倾诉》，谷裕译，商务印书馆 2016 年版，第 62 页。

它同样通过隐晦而神秘的方式作用于人之心灵，具有神奇的力量。它通过人类中的图像讲话，使用着一种象形文字，我们只能认识和理解这些符号的外表。然而，艺术却以其动人而奇妙的方式，把精神的和非感性的东西融化到可见的形体之中，使得我们整个的身心从最深层为之震撼。基督受难的画面、圣母像或圣徒故事像，我敢说，它们比道德的体系和神学的思辨更能净化我的情感，更能在我的内心注入神圣美德的良知。"[1] 而且，与"自然"相比，"艺术"更具完整性，因而具有超越一切（包括"自然"）的至高的完美："艺术为我们塑造了人类至高的完美。自然在我们凡人的眼中，如同零散地从上帝口中道出的隐晦的神谕。但是人们也许可以直率地说，上帝一定会像我们观看艺术作品一样，观看着整个自然和整个世界。"[2]

既然像文字这样的语言有缺陷，而在弥补文字性语言之缺陷的"自然"和"艺术"这两种"神奇的语言"中，"艺术"又要更胜一筹，那么，对于像浪漫主义作家这样视"整体"为生命的人来说，还有什么理由不把"艺术"语言和文字性语言结合起来，创造出一种名副其实的"总体艺术"呢？当然，由于种种原因，早期德国浪漫主义作家所做的融合

---

① 瓦肯罗德：《一个热爱艺术的修士的内心倾诉》，谷裕译，商务印书馆2016年版，第62页。
② 瓦肯罗德：《一个热爱艺术的修士的内心倾诉》，谷裕译，商务印书馆2016年版，第63页。

"艺术"的努力，还仅仅限于以艺术家为主人公或以文字去描述艺术作品，而这种融合又主要分为文字和音乐的融合以及文字和绘画的融合两种，前者如《一个热爱艺术的修士的内心倾诉》一书中的最后一篇《音乐家约瑟夫·伯格灵耐人寻味的音乐生涯》，后者如蒂克所创作的"艺术家小说"《施特恩巴尔德的游历》。当然，到了浪漫主义运动的晚期，德国音乐家威廉·理查德·瓦格纳更具雄心地正式提出了旨在融合音乐、表演、语词、绘画、建筑等各种艺术形式以及各类表现媒介的"总体艺术"，以使观众通过汇集各种不同的感觉而产生一种综合性、整体性的艺术体验。当然，瓦格纳意义上的"总体艺术"已经超出了本书的研究范围，这里就此打住。

有学者所指出："几乎所有的浪漫作家都崇尚整体主义（universalismus），面对被分割的世界和被肢解的人，他们坚持认为世界以及人是一个整体，或者说应该是一个整体。"[1]也就是说，"整体主义"不仅是德国浪漫派作家所奉行的人生信条和创作准则，也是当时法国、英国、俄国等不同国度的浪漫主义作家所追求的理想与奉行的准则。

---

[1] 范大灿：《解读〈一个热爱艺术的修士的内心倾诉〉——代译序》，载瓦肯罗德：《一个热爱艺术的修士的内心倾诉》，谷裕译，商务印书馆2016年版，第5页。

第三节 •
西方浪漫主义文学的多媒介创作实践 •

　　事实上，德国对于浪漫主义运动的主要贡献还在于理论上的倡导，那种真正意义上图文一体的文学作品在德国作家的笔下其实是难得一见的，而在法、英、俄等国的浪漫主义文学中，文字和图像共同出现并且在文本中和谐共处的综合性、总体性的图－文体作品却很容易看到。下面我们就以这种图－文体作品为例，考察西方浪漫主义文学的多媒介创作实践。

　　在法国浪漫主义作家中，喜欢拿起画笔作画的实在不是少数，而且不管自己有没有受过美术方面的训练，这些浪漫主义作家都喜欢这样做。对于法国浪漫主义作家的这种爱好，意大利作家卡尔维诺曾经有这样的描述："随着浪漫主义的到来，法国作家纷纷提起画笔。作家的笔在纸上飞驰、停顿、游移，然后漫不经心或兴之所至地在空白处画下一张肖像、一个人偶、一幅涂鸦，或者全神贯注地画出一段花纹、一片阴影，或是一座几何迷宫。"① 之所以会出现这种"作家兼职作画"的奇特现象，是因为与以前的各个时代相比，浪漫主义时期作家们的教育观、文学观以及创作观发生了重大的变化："在 18 世纪末和 19 世纪初，对于立志从文的年轻人来说，不曾学过绘画就等同于不曾接受完整的教育。诗人和作家都开始执笔画画，要不是因为文学领域的魅力更大的话，有些人甚至可以在艺术领域从事专业工作。与此同时，那些从来没有接受过绘画教育的作家手稿中也开始出现涂鸦和简笔小人。作家的整个文化面貌改变了，生出了创作'总体艺术'（这既是诺瓦利斯珍视的梦想，也是瓦格纳的标题音乐的基础）的宏愿。"②

在巴黎的巴尔扎克故居，曾举办过一场主题为"19 世纪法国作家的绘画作品"的展览，共展出了四十五位诗人和作家的二百五十幅作品，这些作品包括最简单的涂鸦、素描、水彩画以及真正意义上的画作。参观过这次特别展览的卡尔维诺介绍，尽管参加展览的作家"有的声名卓著，有的相对次要，有的则已经被人遗忘，但每一件展品对于了解绘画和文字之间的关系都意义非凡"③。

---

① 伊塔洛·卡尔维诺：《画画的作家》，《收藏沙子的旅人》，王建全译，译林出版社 2018 年版，第 80 页。
② 伊塔洛·卡尔维诺：《画画的作家》，《收藏沙子的旅人》，王建全译，译林出版社 2018 年版，第 80—81 页。
③ 伊塔洛·卡尔维诺：《画画的作家》，《收藏沙子的旅人》，王建全译，译林出版社 2018 年版，第 81 页。

　　根据卡尔维诺对这次特殊展览的描述，我们以有没有绘画天赋及有没有接受过良好的绘画训练为标准，把这些画画的法国浪漫主义作家分为四类：（1）既没有绘画天赋也基本上没有接受过绘画训练的作家。这类作家包括巴尔扎克、司汤达、米什莱等，如：巴尔扎克"丝毫没有绘画的天分，只能在他手稿的空白处蹩脚地画出几幅略显幼稚的涂鸦作品（尤其是人脸画像）"；司汤达也是如此，所以在《亨利·勃吕拉传》的手稿上只能看到"粗糙的素描画"，因此"我们几乎可以将他归入不会画画的作家行列"；至于米什莱，从他设计的法国大革命烈士纪念碑的草图来看，"他也没有驾驭画笔的天分"。[①]（2）虽然没有接受过绘画训练但颇有绘画天分的作家。如诗人魏尔伦，"虽然他从来没有学习过绘画，却是一位富有创意和现代精神的幽默画家。在他留下的许多自画像中，他都是一副小鼻子、尖下巴……其中一幅展品上的他就是这副模样，脸部特征被简化为一系列互相重叠的三角形，再进一步就离立体主义不远了。最令人感动的是他给兰波（Rimbaud）画的肖像，画中的兰波斜靠在咖啡桌上，双眼盯着一瓶苦艾酒，表情就像个生闷气的孩子"[②]。属于这种类型的法国浪漫主义作家还有马拉美，"马拉美在绘画方

---

① 伊塔洛·卡尔维诺：《画画的作家》，《收藏沙子的旅人》，王建全译，译林出版社2018年版，第82页。
② 伊塔洛·卡尔维诺：《画画的作家》，《收藏沙子的旅人》，王建全译，译林出版社2018年版，第86页。

面完全没有天赋，也不曾掌握任何绘画技巧，但是他在图案中加入了一些有趣的东西，与他无与伦比的文字天赋相得益彰"[1]。（3）虽然接受过专业的绘画训练，但画作并没有太多风格与个性的作家。普罗斯佩·梅里美、阿尔弗雷·德·维尼、泰奥菲尔·戈蒂耶等作家就属于这种类型。尽管这些作家接受过正规的绘画训练，但"展览中展出的他们的作品（包括历史题材的画作、水彩风景画、讽刺画、建筑草图）都无法辨识出个人的风格"，比如，"梅里美曾作为重要与会人士参加过许许多多的官方会议，可是就连这种场合，他在内阁文件纸上开小差创作的画作也是沉稳且教科书式的。他在旅行笔记本上创作的素描反倒更有趣些，因为它们对于国家和地方服饰有着准确的观察，从中我们可以体会到一种与他的短篇小说截然不同的力量。在戈蒂耶的作品中，两幅红墨水画最为突出，体现出他古怪且深受折磨的诗人品位：一幅是女巫的厨房，另一幅则是圣安东尼的色情虐恋画"。[2]（4）绘画技艺精湛且画作极富创意的作家。属于这种类型的作家包括维克多·雨果、乔治·桑、阿尔弗雷德·德·缪塞、夏尔·波德莱尔等。其中，维克多·雨果被公认为"19 世纪法国作家中最天才的业余画家"，展览中有几幅"他描绘光

---

① 伊塔洛·卡尔维诺：《画画的作家》，《收藏沙子的旅人》，王建全译，译林出版社 2018 年版，第 87 页。

② 伊塔洛·卡尔维诺：《画画的作家》，《收藏沙子的旅人》，王建全译，译林出版社 2018 年版，第 83 页。

怪陆离的城市和诡异可怕的风景的钢笔绘画作品，作家借此在那段焦躁的时期宣泄出他最黑暗的浪漫主义血液。此外，这些作品也表明雨果在绘画中也有着独具天才的创造力"[①]。雨果的绘画才能，甚至在他还在世时就已经得到了大家的公认，如戈蒂耶和波德莱尔就对雨果的绘画天赋赞叹不已。对此，戈蒂耶在其回忆录中曾经这样写道："根据诗人对造型艺术的特殊感情，不难想象，他可以像轻而易举成为一位伟大诗人那样，轻而易举地成为一位伟大画家；他对客观事物的观察力，在绘画方面会像在写作方面一样，帮助他成就大事。但是，他没有施展自己在绘画方面的天才，仅仅时而以此自娱而已，因为他知道，一个人从事一门艺术足矣。因此，绘画没有成为维克多·雨果的奢望。"[②] "乔治·桑也是一位技艺精湛的风景画家，善用铅笔和水彩作画，至少我们从她的一组绿灰色和浅棕色的大山风景画中，可以看出她传达了某种不同寻常的意趣：这乃是一片凝滞而令人不寒而栗的碎石荒原。在这些风景画中，她采用了一种自己独创的绘画技法，她把它叫作'树枝晶'（dendrites），来源于那些纹路呈树枝状的晶体结构。"[③] 此外，作为法国的浪漫主义大诗人，

---

① 伊塔洛·卡尔维诺：《画画的作家》，《收藏沙子的旅人》，王建全译，译林出版社 2018 年版，第 82 页。
② 泰奥菲尔·戈蒂耶：《浪漫主义回忆》，赵克非译，人民文学出版社 2011 年版，第 71 页。
③ 伊塔洛·卡尔维诺：《画画的作家》，《收藏沙子的旅人》，王建全译，译林出版社 2018 年版，第 83 页。

"波德莱尔不仅会画画，而且很懂得如何将智慧融入手中的铅笔（或蜡笔或水彩笔）中去，而且他的自嘲有的放矢、毫不手软。在他开启的那个时代（即 19 世纪下半叶），我们发现诗人和作家在纸上勾勒图画时多了些洒脱，少了几分学究气"①。

关于法国浪漫主义作家的绘画，有两个重要特点值得指出：（1）他们的绘画大都具有作家创作的特点，因而可称为"作家绘画"。比如，对于缪塞的绘画，卡尔维诺有这样的评价："缪塞的画作可以被定义为'作家绘画'，因其叙事创新、风格独具而且隐含着某种讽刺和自嘲而与真正的画家作品有所区别：这些都是文学创作的程序，尽管和作家在文字作品中使用的程序完全不同。"② 实际上，雨果的绘画也具有这个特点，正如戈蒂耶所说："维克多·雨果画画的时候，仍然是个手里握笔的大诗人。只是，这一次，从那支笔下流出的不是印入大众脑海里那些靓丽闪光、如水晶般晶莹剔透、如无垠般意义深邃的文字；这一次，那支不受控制的笔玩起涂鸦游戏来了。他凭着一些梦幻般的想法，画出了记忆中一些影像模糊的片段、云遮雾罩的幻影、想象中的怪物，等等，总之是些无意识中信手勾勒的即兴画。在我们几乎每天都能出

---

① 伊塔洛·卡尔维诺：《画画的作家》，《收藏沙子的旅人》，王建全译，译林出版社 2018 年版，第 85 页。

② 伊塔洛·卡尔维诺：《画画的作家》，《收藏沙子的旅人》，王建全译，译林出版社 2018 年版，第 85 页。

现在这位著名作家身边的那段日子里，我们不止一次惊奇地发现，滴在一个信封或一张纸片上的墨汁或咖啡，是如何变成一幅风景画、一座城堡，或一艘奇特船只的；那些画，由于光线明暗对比强烈，有一种意想不到的效果，激动人心，也很神秘，甚至能让职业画家感到惊讶。"[①]而且，"雨果的一些绘画作品，都能在他的文学作品中找到某种'源头'。《巴黎圣母院》《悲惨世界》和《笑面人》都有一些相关的绘画作品。雨果本人在《海上劳工》的手稿中竟安排下整整三十六幅精彩的绘画。一个容易产生的印象：画家雨果为作家雨果亲自制作插图。……但是，细细观察，并非如此。虽然两者题材相通，但不存在绘画为文学服务的问题。我们发现，文学作品的主要人物、主要情节，未必有'绘画'的配合，而现有的画作又往往只和文学作品的细枝末节相关。《笑面人》的三座灯塔和小说的正面情节几乎无关。而在三十多幅《海上劳工》的绘画里，甚至没有为主人公吉利亚特留下一幅肖像"[②]。因此，雨果的这些和文学作品相关联的绘画作品，必须被视为"总体艺术"才能得到合理的解释——而这与接下来要谈到的浪漫主义作家绘画的另一个重要特点若合符节。（2）他们的绘画大都画在手稿的边缘，与手稿中的文

[①]　泰奥菲尔·戈蒂耶：《浪漫主义回忆》，赵克非译，人民文学出版社2011年版，第70页。
[②]　雨果：《雨果文集》（十二），人民文学出版社2002年版，译者前言第10页。

字和谐共处、相得益彰，图像与文字共同构成了一种图文一体的"总体艺术"。关于这个特点，卡尔维诺这样写道："从这些布满文字的手稿边缘的一幅幅图画中，我们可以看出作家们对于有别于文字的另一种表达方式的追求。我们怎么可能感受不到作家对于画家的永恒嫉妒呢?"[①] 在我们看来，卡尔维诺把这种图文一体的文艺现象归结为"作家对于画家的永恒嫉妒"是欠考虑的。事实上，情况正好相反，在文学艺术发展的绝大多数时期，因为文学的地位高于绘画，所以作家经常会受到画家的嫉妒，而文学也经常成为绘画模仿的对象。[②] 其实，这一事实，即浪漫主义作家把画画在手稿的边缘或空白之处，只有在"总体艺术"的观念中才能得到合理的解释：浪漫主义作家试图表达的是具有综合性、整体性的事物、思想或情感，而仅仅用文字进行这样的表达是有局限性的，甚至是捉襟见肘、难以实现的，所以他们尝试动用多种媒介手段去表达，于是在文字性的手稿中添加图像就成为浪漫主义作家较为普遍的一种追求，因为这种图文一体的"总体艺术"形式正是他们整体主义观念的最佳表达。而且，正如我们在雨果的《笑面人》和《海上劳工》等小说手稿中

---

① 伊塔洛·卡尔维诺：《画画的作家》，《收藏沙子的旅人》，王建全译，译林出版社2018年版，第87页。
② 关于绘画（图像）模仿文学（语词）的现象，笔者在《模仿律与跨媒介叙事——试论图像叙事对语词叙事的模仿》一文中有较为全面的讨论，对这个问题有兴趣的读者可以参考该文。

所看到的那样，文字所详写的地方，一般没有绘画；而文字所略写的地方，则往往配以绘画。此外，雨果作画的方式也非常特别，他曾经对波德莱尔坦言："我在画里一起用上了铅笔、木炭、乌贼墨、木炭笔、炭黑以及各种各样稀奇古怪的混合物，方能大体上表现出我眼中，尤其是我心中的景象。"① 看来，为了表现出眼中或心中的总体性景象，雨果不惜动用他所能用上的一切手段——这仅仅是就绘画作品而言的，如果再加上文字，使之组成图－文体作品，其表现能力就会更强，而这也正是浪漫主义作家们乐意采用的一种艺术形式。

上述法国浪漫主义作家绘画的两个特点，在其他国家的浪漫主义作家的绘画中也存在，所以这两个特点可以算是整个浪漫主义文学运动的显著特点。而后面一个特点尤为重要，因为正是在布满文字的手稿边缘或空白处画上图像，从而让文字和图像共同构成一个统一文本的做法，反映了浪漫主义作家在整体主义思想的指导下，试图创作出图文一体的"总体艺术"的文学理想和创作追求。比如，在俄国浪漫主义文学运动的两员主将普希金和莱蒙托夫的文学手稿中，那种作为"总体艺术"的图－文体作品也大量存在。

说起作为著名作家的普希金，相信很多人都非常熟悉，

① 这是雨果于 1860 年 4 月 29 日在致波德莱尔的信中所说的话。雨果：《雨果文集》（十二），人民文学出版社 2002 年版，译者前言第 11 页。

但说起作为有创造力的画家的普希金，就不一定有很多人知道了。事实上，普希金一生创作的绘画作品非常多，目前收集到的就有四百余幅，而这些绘画作品中的绝大多数都是文学作品的手稿。[1] 对于这些手稿上的图像作品，"研究者发现，在文学手稿上的许多画像透露了诗人文学创作构思过程的轨迹。有时在某一页手稿（通常是草稿）上的一个人像或图案，看似作者信手拈来随意而就的，其实正是这幅画蕴含了诗人创作过程中起伏的心潮，他的文思正在为某个难遣的词语或句子而搏动、跳跃，而手却停不下来、离不开文稿，于是画幅将构思过程记录了下来"[2]。例如，"在《秋》（'断章'，1833年）这首诗的草稿上，在构思自己感到特别困难的第一章的八行诗时，普希金打算写的诗句是'现在正是我的季节。严寒 / 有益于俄罗斯人的体魄——'"。之后，他就开始推敲斟酌接下来该怎样写。一开始他写下的两行是"大胡子村长向我诉苦 / 邻居的奔马踏坏了秋播地……"，这两行诗旁边配着一幅大胡子农民的侧面像，他的头发被剃掉了一圈。普希金随后把这两行诗改为："狡猾的村长向我诉苦，/ 尽情的玩乐踩坏了秋播地……"但他对这两行诗仍然不满意，所以最后又改为："尽情的玩乐使秋播地备受蹂躏，/ 猎犬的

---

[1] 普希金：《普希金全集 10·书画》，亢甫译，浙江文艺出版社 2012 年版，前言第 2 页。

[2] 普希金：《普希金全集 10·书画》，亢甫译，浙江文艺出版社 2012 年版，前言第 2 页。

吠声唤醒了沉睡的密林。"① 显然，那个剃掉了一圈头发、长着大胡子的农民的侧面画像具有创作活动所特有的过程性，而这正是"作家绘画"的典型特点。此外，在最终没有写完的叙事体长诗《塔济特》（1829—1830）的手稿上，在已经完成的部分后面，普希金还留下了两份草稿：一份是所谓"长诗的计划"（即写作提纲），另一份则是"长诗的人名草稿"。在那份标注"长诗的计划"的草稿中，有这样一个图－文体作品（见图3-2）。

图 3-2　草稿"长诗的计划"中的一个图－文体作品

该作品中的文字译为中文是这样的：

---

① 普希金：《普希金全集 10·书画》，亢甫译，浙江文艺出版社 2012 年版，前言第 3 页。

埋葬仪式

贵族和小儿子

Ⅰ——白天——鹿——邮车，格鲁吉亚商人

Ⅱ——鹰，哥萨克

Ⅲ——父亲把他赶出去。

青年与修道士

恋爱，被拒绝

战斗——修道士[①]

显然，从《塔济特》已经发表的那部分内容很难推断出故事的未来走向，其中也没有涉及"修道士"的内容，但从这份简要却图文并茂的"长诗的计划"中，我们可以拼接出故事的大致轮廓。可见，"作家绘画"的过程性在某种程度上是与叙事活动的时间进程相统一的。

　　无疑，普希金的那些带图像的手稿就是一种典型的图文一体的"总体艺术"作品。对于这种图－文体作品，我们仅仅依赖文字是难以全面、准确地理解它们的。例如，关于普希金的抒情诗《谁看过那地方……》（1821），我们一般看到的文字是这样的：

---

① 普希金:《普希金全集 3·长诗　童话诗》，余振、谷羽译，浙江文艺出版社 2012年版，第 514 页。

谁看过那地方？草原和树林
都被自然的富丽所渲染，
河水闪烁着，以愉快的声音
轻轻拍打着平静的两岸；
在月桂拱立着的山坡上
凄凉的雪花从不敢偃卧——
告诉我，谁看过那迷人的地方？
我曾在那里默默流放和爱过。

金色的国度啊！艾丽温娜的
珍爱故乡！我全心朝你飞去！
我记得海岸的陡峭的岩壁，
我记得溪流的快乐的絮语，
簌簌的树荫，美丽的山谷，
还有安详淳朴的鞑靼人家，
靠着日常操劳和友爱互助，
生活在那好客的屋檐下。

那儿一切生动，悦人眼睛：
鞑靼人的花园、城池、村庄；
层叠的山峰倒映在水中，
船帆消失在大海的远方；

还有葡萄枝上悬挂着琥珀，

牲畜嘈杂地在草原游荡……

航海人会看到米特里达特

矗立的坟墓，闪着一线夕阳。

啊，我能否再从幽暗的林中

一览山石峭立，海的碧波闪亮，

和明媚得好似欢笑的天空，

当桃金娘在倾圮的坟上喧响？

这生活的风暴会不会平静？

你可会再来——往日的优美？

啊，我能否再踱进甜蜜的阴影，

让心灵在和煦的疏懒中安睡？ [①]

从上述文字中，我们只知道这是一首写景诗，作者用了很多美丽的意象去描写一个"迷人的地方"——"艾丽温娜的珍爱故乡"，可优美迷人的风景中也潜藏着忧郁，因为这一切均已成"往日的优美"。而从这首诗的手稿中，我们除了看到上述文字外，还看到了和文字紧密地联系在一起的图画

---

① 普希金：《普希金全集 1·抒情诗》，查良铮、谷羽等译，浙江文艺出版社 2012 年版，第 462—464 页。

（见图3-3）。

图3-3 《谁看过那地方……》手稿

手稿中的画被俄文版《普希金全集》的编者大致定为《浴棚里的苏珊娜》或《拔书亚》，但究竟是哪一幅他们并不能确定。无论是苏珊娜还是拔书亚（即拔示巴），我们都知道她们是《圣经》中沐浴时被偷窥的美丽女子，而诗中唯一提到的迷人女子是艾丽温娜——她和苏珊娜或拔书亚之间到底存在何种想象性的联系，诗中的文字没有做出任何揭示；但毫无疑问的是，图像与文字之间肯定存在着某种关联，毕竟它们都是这首诗的有机组成部分。于是，诗歌给读者留下了诸多疑问和无限遐想……显然，对于这种图文一体的"总体艺术"作品，仅仅阅读其中的文字是不够的，我们必须同时思考图像与文字，并认真思考它们之间可能存在的关系，才有可能把握其丰富的内涵和别样的美感。

至于莱蒙托夫，我们认为他的绘画才能甚至比普希金还高。之所以这么说，是因为普希金的绘画作品绝大多数都画在文学手稿或朋友的纪念册上，多少有点涂鸦的性质；而莱蒙托夫除了这类画作，还有不少独立存在的水彩画和油画，这些画兼具深厚的写实功底和高超的艺术水准，描绘的对象包括人物、风景以及故事等。例如，诗人所画的这幅题为《回忆高加索》（1838，见图3-4）的油画，就具有专业画家的水准。

图3-4 《回忆高加索》

就文学手稿上的那些画作而言，它们与文字共同构成具有浪漫主义特色的"总体艺术"作品。比如，莱蒙托夫的这首题为《斯坦司》（1830）[①] 的抒情诗，就是一篇很有特色的图 - 文体作品（见图 3–5）。

图 3-5　《斯坦司》

该作品中的文字译为中文是这样的：

一

看，我的目光多安详，

---

① 所谓"斯坦司"，是一种由几个诗节组成的诗歌体裁，而每一节诗则由一个复合句构成。尽管组成"斯坦司"的诗节并没有被限定，且构成诗节的复合句可长可短，但每节的行数必须统一；而由于这是一种用于抒情的短诗体裁，所以诗节不宜过多，每节诗中的复合句也不宜过长。莱蒙托夫很喜欢这种短小而自由的诗体，曾以《斯坦司》为题写过多首抒情诗。

纵然我那颗命运之星。

很久以来已暗淡无光，

韶光的回忆也模糊不清。

在你面前多次夺眶而出的

泪水不会依旧涌来，

有如命运为了跟我开玩笑

而安排的时辰难再。

二

你过去曾常讥笑过我，

我也曾用轻蔑回报过你——

从那时起用任何一事一物

我都无法填补心灵的空虚。

什么也不能再使我们接近，

什么也不能给我以平静……

尽管奇妙的声音在我心中低语：

我不能再爱任何别人。

三

我已放弃了其余的激情，

但是既然连最初的幻想

都不能重新效劳于我们——

你能用什么取代这向往？……

既然你已在这个人间，

也许，也在那个天国，

把我的希望变成灰烬，

能用什么告慰我的生活？[①]

据说，这首诗是为苏什科娃写的。苏什科娃是莱蒙托夫喜欢的女性之一，诗人为她写过多首诗。苏什科娃聪明、漂亮、俏皮，莱蒙托夫曾疯狂地爱过她，但后来发现她比较庸俗，尤其是发现她过于风流之后，于 1835 年主动结束了和苏什科娃的恋爱关系。而创作这首《斯坦司》的时间是 1830 年，此时莱蒙托夫和苏什科娃应处在热恋时期，从该诗的文字中我们似乎能读出日后二人必然分手的结局；而从手稿的图像中，我们能看到苏什科娃在诗人心目中的美好形象：美丽、优雅、活泼，具有一种令人难以忘怀的勾魂摄魄之美。也许正因为如此，所以要等到五年之后，莱蒙托夫才正式向苏什科娃提出分手——而诗人于 1841 年去世，年仅二十七岁。不知是出于何种考虑，1870 年，在莱蒙托夫去世近三十年，苏什科娃将此诗放入自己的回忆录中。对此时芳华已逝的苏什科娃而言，这应该算是一种略带苦涩的甜蜜回忆吧。

　　浪漫主义图文一体的"总体艺术"作品在欧洲大陆风行

---

① 　莱蒙托夫：《莱蒙托夫全集　第 1 卷·抒情诗》，顾蕴璞译，河北教育出版社 1996 年版，第 231—232 页。

一时，而英国浪漫主义文学中的此类作品也不在少数，其中最有名的也许是威廉·布莱克的《天真与经验之歌》。布莱克当然还写过其他作品，但他最有名也最具代表性的作品就是《天真与经验之歌》。其实，布莱克首先出版的是《天真之歌》（1789），后来他又为这些诗歌书写了"续集"——这就是不同于先前书写"天真"的《经验之歌》（1794），但这些书写"经验"的诗歌并没有单独出版，而是和《天真之歌》合为一册出版的，合并后的书名为《天真与经验之歌》。一个值得注意的事实是：这两个版本的诗集在出版时发行极少，其中《天真之歌》发行了二十二册，《天真与经验之歌》也只不过发行了二十七册。之所以发行量如此之少，是因为布莱克所持的浪漫主义"总体艺术"观念与制作、出版这样的作品之间巨大的甚至是难以调和的矛盾。

事实上，我们前面所论及的那些图文一体的艺术作品，都停留在"手稿"的阶段，它们最后出版发行时都已经被编辑出版方规整得千人一面，以致最后在外貌或物质形式上都成了没有任何个性的作品；而且，其中与文字相配的图像被删除得干干净净了。这些具有统一字体字号并按照统一版式设计的纯文字性的作品，显然已经远离了我们所说的那种"总体艺术"作品。布莱克对以这种面貌出现的作品非常不满，他希望最终能以图文一体的形式尽量完美地再现自己心目中的那种综合性、完整性的艺术印象。要如此再现，说起来容易，真正做起来却非常困难，在当时的技术条件和社会语境下，除了能写能画之外，至少还需要懂雕版印刷技术。绝大多数浪漫主义作家的图－文体作品最终只能停留在"手稿"阶段，就是因为他们既缺乏亲自动手制作的匠人精神，也缺乏雕版印刷所需要的专业技术。而布莱克在这方面却得天独厚，他近十五岁的时候进入当时著名的雕版师詹姆斯·巴塞尔的工作室学习，在那里，"他勤勤恳恳地干了七年，学会了雕版、蚀刻、点刻以及临摹的所有技艺。通过这一番训练，他成为他那时代最好的艺匠之一，一个不仅能在他一生发展并完善传统技巧，而且也能创造出他自己独有的手法的人"[①]。1788 年左右，在进行了一系列的文学创作实践之后，布莱克开始形成了图文统一的整体主义艺术观："他懂得诗歌同构图原是同一物的两种形式而已，而他具有实现这两者所必需的创造力和技巧，不论是分开来搞还是同时进行。因此他就不能满足于看到他的诗不过是用文字形式写出或像通常那样印刷，像他早期的《诗的素描》那样。他愿意用构图和色彩把这些诗装扮起来，这样每一件'诗画配'形成了一个艺术的整体。"[②] 为了对作为"总体艺术"的布莱克的"诗画配"有一个具体的、直观的印象，我们且来看看

---

① G. 凯因斯：《引言》，载威廉·布莱克：《天真与经验之歌》，杨苡译，译林出版社 2012 年版，第 1 页。

② G. 凯因斯：《引言》，载威廉·布莱克：《天真与经验之歌》，杨苡译，译林出版社 2012 年版，第 3 页。

他的《羔羊》一诗（见图3-6）。

图3-6 《羔羊》

该作品翻译成中文是这样的：

羔羊

小羔羊谁创造了你

你可知道谁创造了你

给你生命，哺育着你

在溪流旁，在青草地；

给你穿上好看的衣裳，

最软的衣裳毛茸茸多漂亮；

给你这样温柔的声音，

让所有的山谷都开心；

小羔羊谁创造了你，

你可知道谁创造了你；

小羔羊我要告诉你，

小羔羊我要告诉你；

他的名字跟你的一样，

他也称他自己是羔羊；

他又温顺又和蔼，

他变成了一个小小孩，

我是个小孩你是羔羊

咱俩的名字跟他一样。

小羔羊上帝保佑你。

小羔羊上帝保佑你。①

这首《羔羊》出自"天真之歌"。牛津大学出版社出版的该
书英文版中有对这首诗的说明性文字——"这首诗被恰当地
认为是布莱克最成功的诗篇之一，也是他的最明朗的诗之一。
羔羊和小孩，都是天真和宗教的象征，互相交谈，孩子适当

---

① 威廉·布莱克:《天真与经验之歌》，杨苡译，译林出版社 2012 年版，第 31 页。

地提供了问题与回答。在构图中他们是被画在一起的，一边有一茅舍，背景有牢靠的橡树。两旁有苗壮成长的幼树呈拱状在画上覆盖着，并无任何关于经验的联想"[①]。应该说，这些文字对《羔羊》这篇"诗画配"作品的描述是准确的，对其中的文字和图像都做出了较为客观的说明，但它们并没有说明其中图像和文字的统一性与和谐性——而这正是这篇作品在艺术上最大的特色。

对于布莱克的《天真与经验之歌》的"制作"方法及其艺术特色，英国文学史家安德鲁·桑德斯在其权威的《牛津简明英国文学史》中这样评价："布莱克作为一个训练有素的雕刻家，将书面诗文转换成蚀刻铜版上的文本，配以适当的图像和装饰；印刷出来以后，页面上被精心地涂上了颜色，或者在某些情况下，利用自己发明的办法真正进行彩色印刷。如果对布莱克作品的最初构成加以研究，可以发现这些作品是图像和文本的结合。文本不仅仅是用来说明图画，图画也不仅仅是用来表现原文，两者都需要解释性或推测性的阅读。它们一起构成了一个作品整体，其中不同的符号证明是相辅相成、复杂多样甚至是相互矛盾的。"[②] 在对布莱克诗歌的艺术特色——"图像和文本的结合"与"它们一起构成了一个

①　威廉·布莱克：《天真与经验之歌》，杨苡译，译林出版社 2012 年版，第 131—132 页。
②　安德鲁·桑德斯：《牛津简明英国文学史》，谷启楠、韩加明、高万隆译，人民文学出版社 2000 年版，第 360—361 页。

作品整体"——做出评述之前，桑德斯先肯定了诗人作为一名训练有素的雕刻家在"制作"方面的成功，这的确颇有见地。事实上，也正是这一点才成就了布莱克在文学史上的特殊地位。

其实，在作为"总体艺术"的"诗画配"创作出来之后，把它们完美地呈现出来主要是个技术活，绝大多数的作家和艺术家可能既不愿也不会去做这种事，因为他们认为作家、艺术家的身份是高贵的，而雕版师或印刷工之类的则要低人一等。显然，布莱克并没有这样的创作等级观念，而曾经的工匠经历则有助于他凭借自己的手把心目中理想的艺术形式完美地呈现出来。至于像雨果、波德莱尔、普希金和莱蒙托夫这样的诗人，他们的文学创作能力也许比布莱克高，绘画能力也许比布莱克出色，但在"制作"能力，也就是把自己创作的图－文体作品从手稿转变成印刷品而仍能保持"总体艺术"特色这一点上，他们远远逊色于布莱克，也正因为如此，他们所创作的图－文体作品就只能停留在"手稿"阶段——而这也影响了绝大部分读者对他们那些具有真正浪漫主义"总体艺术"特色的作品价值的认识。

在长期的实践中，布莱克逐渐形成了他特殊的雕版方法——在一块铜版上蚀刻诗歌和图像。"布莱克的这种方法要求把一个写好的文字本很吃力地再刻在一块铜版上，这样他可以根据自己的选择着色制成一种版本，在铜版上刻下文字，配以图画或简单的装潢与文字稿协调，然后整个版面用翎羽笔或绘画毛笔着色，随心所欲地在制版上创作。布莱克已经找到将写成的文字作为一幅画的部分来呈献给他的读者的方法，而在他决心采用这条原则的时候，却丝毫没有想到若是大量生产，他的方法可是太缓慢了。"①1788年，布莱克在完成了一些实验性的小幅版画之后，就开始雕刻他的《天真之歌》，到第二年才完成全部"诗画配"（共二十七幅），于是这部如今负有盛名的"装饰诗集"就正式诞生了。当然，在《天真之歌》正式出炉之后，布莱克并没有满足于此，他在各方面继续探索，以使他的创作和呈现作品的方式更上一层楼，正如 G. 凯因斯所说，"他迅速地发展以更为复杂的象征符号来表达一种哲学体系，同时他又创造了一种着色版刻方法，使用一种不知是什么合成的颜料"②。因此，后来合并"经验之歌"并以《天真与经验之歌》为名出版的诗集，无论是内容还是形式都更为精美了。

　　布莱克为了自己的艺术追求，不仅在"创作"上而且在"制作"上都愿意花费大量的时间和精力，这在当今这个注重速度和效益的时代也许显得有点不可思议，但正是他这种创造精神和工匠精神的完美结合，才让今天的我们能够看到

---

① G. 凯因斯：《引言》，载威廉·布莱克：《天真与经验之歌》，杨苡译，译林出版社2012年版，第4页。
② G. 凯因斯：《引言》，载威廉·布莱克：《天真与经验之歌》，杨苡译，译林出版社2012年版，第4页。

像《天真与经验之歌》这样真正具有浪漫主义"总体艺术"特色的完美的图－文体作品，也让我们真正领略到了多媒介叙事的无穷魅力。

第四节
多媒介叙事的魅力

　　无疑，多媒介叙事确实具有极大的美学魅力，欣赏此类叙事作品，能够给我们带来丰富的艺术体验。就浪漫主义"总体艺术"而言，丹麦著名文学史家勃兰兑斯在《十九世纪文学主流》中曾经这样写道："读者可曾站在一间用玻璃嵌成的房间里，看见自己和一切东西从上、从下、从四面八方无穷无尽地反映出来？只有这样，他才能体会到我们在浪漫主义的艺术形式面前眼花缭乱的感觉。"[①] 应该说，勃兰兑斯的这一说法是极富诗意的，也确实说出了读者在面对像浪漫主义文学这样的"总体艺术"时必然会产生的那种"眼花缭乱的感觉"。然而，这种感受并不是每个人都能体会到的，原因就在于我们绝大多数读者所看到的并非作品的原貌，我们能够看到、愿意看到的仅仅是文字性的文学文本。比如说，对于浪漫主义文学巨匠雨果，在他的祖国法国，广大的公众

---

①　勃兰兑斯：《十九世纪文学主流》（第二分册），刘半九译，人民文学出版社 1997 年版，第 137 页。

在作家去世一个世纪之后才知道他原来还是一位出色的画家。① 之所以如此，是因为和其他浪漫主义作家一样，雨果主观上并不认为自己是个画家，而且其绘画作品中的很大一部分都是和文学手稿联系在一起的。对于普通读者来说，一般是看不到作家的手稿的，而且就算可以看到，绝大多数人也并不愿意去看它们——毕竟阅读字迹潦草的手稿不像阅读印刷的图书那样方便。

但必须指出的是：旨在反抗"世界图景的机械化"、科学知识的专业化以及社会分工的精细化的浪漫主义文学思潮，尽管存在的时间并不长（主要存在于 18 世纪末至 19 世纪上半叶），但确实具有极大的美学魅力，也在文学及其他相关领域产生了重大的影响。然而，历史并没有因为浪漫主义的反对而改写，未来也并不会因为浪漫主义的反对而改变走向，时至今日，浪漫主义所反对的那些东西仍然存在，机械化、碎片化、平面化、单一化之类的感觉不仅没有远离我们的生活，反而呈现出愈演愈烈的势头。而且，就连作为"总体艺术"的浪漫主义文学本身也在一个多世纪的发展过

---

① "国际雨果研究会"的盖伊·罗萨（Guy Rosa）教授曾说："法国 1985 年纪念雨果逝世一百周年的主要收获，是公众恍然大悟：雨果不仅是诗人，还是画家。"这一年之所以能让公众有此认识，是因为在纪念雨果逝世一百周年的"雨果光荣展"活动中，展出的雨果的绘画作品竟多达三千幅（此后，雨果绘画作品的数量仍在"攀升"，据说现在已经超过了四千幅）。数量如此之多的绘画作品被展出，加上一系列的宣传活动，才让作家雨果的画家身份被公众所知晓。（雨果：《雨果文集》（十二），人民文学出版社 2002 年版，译者前言第 1、7—8 页）

程中被人们大大地肢解或误读了。从这个意义上说，浪漫主义的计划至今仍没有完成，那种真正的"总体艺术"仍然还是瓦格纳意义上的"未来的艺术作品"。

我们认为：实现"总体艺术"最重要的路径仍然是多媒介结合的综合性表达（叙事）。众所周知，人类最初的艺术往往是"总体艺术"，比如我们目前所看到的中国最早的诗歌总集——《诗经》，其实只是其原始面貌的一部分，因为收录在这部诗歌典籍中的诗歌，原本是诗舞乐三位一体的。不仅中国如此，西方早期的诗歌艺术同样如此，古罗马修辞学家昆体良曾经这样指出："由于词语本身很重要，声音又将自身的力量加入其所讲述的事物，而手势和动作亦充满了意味，因此，当所有这些品质结合在一起时，我们就必然会找到某种完美之物。"[①] 对此，夏尔·巴托说得好：当诗歌、音乐、舞蹈"这三门艺术结合到一起时，它们是最具魅力的"，"当艺术家将这三门艺术分开，以精心培育和润色每一门艺术时，他们绝不能忽视自然最初的规定，也不能认为各门艺术可以完全离开彼此。各门艺术应当结合。这是自然的需要，也是趣味的要求"[②]。按照巴托的说法，多媒介结合的综合性的"总体艺术"是"自然最初的规定"，也是符合人性的"自

---

① 转引自夏尔·巴托：《归结为同一原理的美的艺术》，高冀译，商务印书馆 2022 年版，第 195 页。

② 夏尔·巴托：《归结为同一原理的美的艺术》，高冀译，商务印书馆 2022 年版，第 195 页。

然的需要"和"趣味的要求"。是的，当各门类艺术按照"自然的需要"结合到一起时，"它们是最具魅力的"，过去如此，现在如此，未来同样如此，想想歌剧、电影、电视、视频以及日新月异的各类 AI 艺术，不都是走在多媒介探索之路上的"最具魅力的""总体艺术"吗？在这个意义上，我们认为：充满魅力的多媒介叙事艺术既拥有丰富、深厚、悠久的过去，也拥有充满无限希望和无穷可能性的未来……

研讨专题

1. 西方浪漫主义文学出现的时代背景是什么？西方浪漫主义文学的"总体艺术"具有哪些本质特征？实现"总体艺术"的路径主要有哪几种？

2. 除了浪漫主义，西方是否还有文学流派具有"总体艺术"特征？如果有，这些文学流派和浪漫主义有哪些共同点和不同点？

3. 中国文学史上是否存在具有"总体艺术"特征的文学作品？如果存在，请尝试比较其与西方"总体艺术"的差异及二者所折射出的不同的文化传统。

拓展研读

1. 以赛亚·伯林:《浪漫主义的根源》，吕梁等译，译林出版社 2011 年版。

2. 卡尔维诺:《美国讲稿》,萧天佑译,译林出版社 2012 年版。

3. 玛丽亚·特雷莎·卡拉乔洛:《浪漫主义》,王文佳译,北京美术摄影出版社 2016 年版。

4. 周宪:《艺术理论基本文献·西方当代卷》,生活·读书·新知三联书店 2014 年版。

5. 瓦肯罗德:《一个热爱艺术的修士的内心倾诉》,谷裕译,商务印书馆 2016 年版。

6. 弗里德里希·施勒格尔:《浪漫派风格——施勒格尔批评文集》,李伯杰译,华夏出版社 2005 年版。

7. 威廉·布莱克:《天真与经验之歌》,杨苡译,译林出版社 2012 年版。

8. 杨莉:《拜伦叙事诗研究》,东南大学出版社 2017 年版。

9. 夏尔·巴托:《归结为同一原理的美的艺术》,高冀译,商务印书馆 2022 年版。

第四章
/Chapter 4/

艺术的跨媒介叙事

· · · · · · · ·

近年来，随着视觉文化及各类图像研究的日渐深入，文学（诗）与图像（画）的关系问题引起了很多研究者的重视，并成为我国文艺理论界的一个热点话题，这当然是一件值得高兴的事情。但对于那些对文学和其他艺术的关系这一问题感兴趣的人来说，现有研究仍然存在很大的不足，主要表现在三个方面：首先，目前我们看到的各类文学与图像关系的研究成果在处理"图像"问题时大都不区分"静态图像"（绘画、雕塑等）与"动态图像"（电影、电视、视频等），而且，在处理"静态图像"问题时，也不区分二维平面图像（绘画）与三维立体图像（雕塑），而事实上，做这样的区分对于此类研究来说往往是至关重要的；其次，目前的研究成果几乎都集中在文学与图像方面，对于文学与音乐及其他艺术之间的比较研究还较为缺乏；最后，也是最重要的，关于文学与图像及音乐之间的比较研究，就像韦勒克所指出的，目前仍然没有找到合适的理论工具和可以进行比较的"共同因素"①。

那么，有没有可能找到在文学和其他门类艺术之间进行比较的"共同因素"呢？我们认为答案是肯定的，而这一共同因素就是"媒介"。而且，从媒介（跨媒介）这一共同因素出发，我们可以建立起分析文学与其他艺术之间的关系的理论工具。事实上，无论是像文学、音乐这样的时间艺术，还是像绘画、雕塑这样的空间艺术，抑或是像戏剧这样的综合艺术，都必须使用某种媒介作为表达或书写的"符号"。对于表达媒介在文学艺术创作中的重要性，韦勒克有很好的论述："一件艺术品的'媒介'（不幸的是，这也是个尚待证明的术语）不仅是艺术家要表现自己的个性必须克服的一个技术障碍，而且是由传统预先形成的一个因素，具有强大而有决定性的作用，可以形成和调节艺术家个人的创作方式和表现手法。艺术家在创作想象中不是采用一般抽象的方式，而是要采用具体的材料；这个具体的媒介有它自己的历史，与别的任何媒介的历史往往有很大的差别。"② 当然，韦勒克这里所强调的是具体媒介自身的本质特色，也就是各类媒介在"本位"方面的差异性，但这只是问题的一个方面；事实上，媒介在保持自身特色的同时，往往还具有跨越自身去追

---

① 勒内·韦勒克、奥斯汀·沃伦：《文学理论》，刘象愚、邢培明、陈圣生、李哲明译，浙江人民出版社 2017 年版，第 121 页。
② 勒内·韦勒克、奥斯汀·沃伦：《文学理论》，刘象愚、邢培明、陈圣生、李哲明译，浙江人民出版社 2017 年版，第 120 页。

求他种媒介表达长处的另一方面——正是这种所谓的"出位之思"及其相应的跨媒介叙事，构成了文学和其他艺术之间进行比较研究的"共同因素"和理论基础。

第一节 ∶
从绘画与雕塑之争说起 ∶

　　关于文学（诗）与图像（画）的关系问题，无论是在中国还是在西方学界，都已经积累了丰硕的研究成果。为了避免重复，更为了凸显本论题的普适性，下面从不太被一般人所关注的绘画与雕塑之争开始我们的论述。

　　众所周知，绘画与雕塑都属于空间艺术或造型艺术，那么，它们在表现事物时孰优孰劣呢？这恐怕是造型艺术家或研究造型艺术的学者们非常关心的问题。意大利文艺复兴时期威尼斯画派的一代宗师乔尔乔内（亦译为"乔尔乔涅"）就与一些雕塑家发生过争论，争论的内容恰恰是绘画与雕塑的优劣问题。对于这一争论，乔治·瓦萨里在其《著名画家、雕塑家、建筑家传》中有较完整的记载："雕塑家们认为，一个人绕着一尊雕塑走一圈，可以看到雕塑的不同方面和姿态，因此，雕塑优于绘画，绘画只向人显示一个面。乔尔乔内却认为，不必绕着走，一眼便能看到一幅图画中的各种姿态所表现的变化，而雕塑却不是这样，观者得改变角度和着眼点才能看到，所以绘画不是只显示一个面，而是显示许多面。

再者，他设法在描绘一个人的时候，同时表现其正面、背面和两个侧面，那是对感觉的挑战。他用以下方法来画。他画一个背过身来的裸体男子站在清澈见底的水池中，水映出他的正面。在身体的一侧，是他已脱下的铮亮的胸甲，胸甲显示他的左侧，在盔甲光亮的表面上，可以看到所有的东西；另一侧是一面镜子，反照出裸体人像的另一侧。这是异想天开的极为美丽的一张画，他想借此证明：事实上，从一个视角看一个活生生的人，优秀的绘画比雕塑更全面。此作广受赞誉，被视为破天荒的妙作。"①

其实，对于绘画与雕塑孰优孰劣的问题，从文艺复兴时期开始，就已经成为艺术创作中的一个重要问题；而且，不仅限于创作实践，这个问题在当时还上升到了理论和思想的高度。正如英国思想史研究者彼得·沃森所指出的，"到底是绘画高于雕塑，还是雕塑高于绘画？这是 15 世纪的一个重大思想问题，也是阿尔贝蒂、安东尼奥·费拉莱特和列奥纳多等人著述中的中心话题。阿尔贝蒂主张绘画优越论。绘画有色彩，能够描绘雕刻无法描述的许多事物（云、雨、山），并且运用了自由七艺（例如透视法中的数学）。列奥纳多认为浅浮雕介于绘画和雕刻之间，也许比二者更优越。提

---

① 乔治·瓦萨里：《著名画家、雕塑家、建筑家传》，刘明毅译，中国人民大学出版社 2004 年版，第 223—224 页。

倡雕塑优越论的人则认为雕塑的三维空间更真实，而画家从雕刻的人物中获得灵感。费拉莱特争辩说，雕塑永远不能逃避这一事实，即它用石头或木头做成，而绘画能够展现皮肤的色彩和金黄色的头发，可以描绘烈火中的城市、美丽的晚霞和波光粼粼的大海。所有这些都优于雕塑。为了说服那些主张雕塑优越论的人，曼提尼亚和提香等画家创作了错视画。绘画能够模仿雕塑，而雕塑却不能模仿绘画"[①]。

无疑，绝对的雕塑优越论和绝对的绘画优越论都是不可取的，因为作为艺术类型或模仿媒介，雕塑和绘画有着各自的长处和短处，它们并不能彼此取代。文艺复兴时期的艺术家和艺术理论家持绝对观念的当然不在少数，但也有一些持辩证看法的人，比如莱昂·巴蒂斯塔·阿尔贝蒂就是这样一位见识卓绝者。总体而言，阿尔贝蒂是主张绘画优越论的，但他认为雕塑自有其长处。阿尔贝蒂之所以认为绘画要比雕塑优越，是因为平面的绘画在再现立体的外在事物时难度更大："雕塑和绘画这两种艺术是相连的，而且出自同一种才智。但我总是给予画家的才智以更高的地位，因为他的工作难度更大。"[②] 然而，雕塑和绘画毕竟"出自同一种才智"，而且雕塑在体现明暗、创造立体感等方面也确实有绘画所不及之处，

---

① 彼得·沃森:《思想史：从火到弗洛伊德》，胡翠娥译，译林出版社2018年版，第582—583页。
② 阿尔贝蒂:《论绘画》，胡珺、辛尘译注，江苏教育出版社2012年版，第31页。

所以阿尔贝蒂也主张画家应该"学一点雕塑":"先贤的杰作其实与我们纱屏中的景象一样,皆是大自然美妙而精准的影像。倘若你对人为比对天工更有耐心,一定要复制他人的作品,我宁愿你描摹一座平庸的雕塑,而不是一幅杰出的画作。从画中,你只能学会临摹;而描摹雕塑不仅有助于学习造型,而且有助于掌握明暗。……对于画家,也许学一点雕塑比单练素描更有效,因为雕塑比绘画更容易精准。一个不知如何描绘对象立体感的人,鲜能画出好画。而雕塑的立体感比绘画容易把握。我们看到,几乎每个时代都有一些平庸的雕塑家,但笨拙甚至荒唐的画家总是更为常见。"①

事实上,不管怎么说,自然中的事物毕竟是立体的、三维的,它们不限于观者所能看到的一面,而雕塑作为模仿媒介也是立体的、三维的,所以就模仿媒介与被模仿事物的吻合度和适应性而言,雕塑确实更适合于表现具有多面性、多维度的自然事物本身,因为这正是雕塑作为模仿媒介的"本位"和长处;而平面的、二维的绘画,如果仅仅表现自然事物的某一面当然没有问题,也更具有优势,但如果要同时表现事物的前、后、左、右四个面,则会存在相当的难度。因为对于绘画这种平面媒介来说,这很难实现,而且这种表现

---

① 阿尔贝蒂:《论绘画》,胡珺、辛尘译注,江苏教育出版社 2012 年版,第68—69页。

已经属于媒介模仿规律中的"越位"现象了——这种跨越本位的高难度表现属于艺术家发挥创造性的特例，只有在某种特定的条件下才可能做到，也只有像乔尔乔内这样的大画家才能真正做得得心应手。也就是说，作为一种表达媒介的雕塑在表征事物的立体性、三维性方面具有天然的优势，而绘画作为表达媒介在这方面则劣势明显，但如果画家具有足够的创造性，则可以化劣势为优势，利用平面的、二维的画面来达到雕塑般立体的、三维的艺术效果。乔尔乔内在这方面做得很成功，他打破了"雕塑优于绘画"的成见，从而证明了"优秀的绘画比雕塑更全面"。

第二节
"出位之思"

　　乔尔乔内的做法其实涉及"跨媒介（体）"问题。所谓"跨媒介"，就是一种表达媒介在不改变自身媒介特性的情况下去追求另一种媒介的"境界"或效果（如"诗中有画""画中有诗"）。对于"跨媒介"现象，叶维廉先生专门撰写了《"出位之思"：媒体及超媒体的美学》一文予以探讨。他在其中谈道："现代诗、现代画，甚至现代音乐、舞蹈里有大量的作品，在表现上，往往要求我们除了从其媒体本身的表现性能去看之外，还要求我们从另一媒体的表现角度去欣赏，才可以明了其艺术活动的全部意义。事实上，要求达到不同艺术间'互相认同的质素'的作品太多了，这迫使读者或观者在欣赏过程中不断地求助于其他媒体艺术表现的美学知识。换言之，一个作品的整体美学经验，如果缺乏了其他媒体的'观赏眼光'，便不得其全。"① 也就是说，对于具有

---

① 叶维廉：《"出位之思"：媒体及超媒体的美学》，载《中国诗学》（增订版），人民文学出版社 2006 年版，第 200 页。

"跨媒介"特征的文艺作品，我们除了了解该作品本身的媒介特性之外，对于它"跨"出自身媒介而追求的他种媒介的特性也必须有所了解；只有这样，才能更好、更完整地欣赏其美学特色。所谓"出位之思"，源自德国美学术语"Anders-streben"，指的是一种媒介欲超越其自身的表现性能而进入另一种媒介擅长表现的状态。在《中国画与中国诗》一文中，钱钟书说得好："一切艺术，要用材料来作为表现的媒介。材料固有的性质，一方面可资利用，给表现以便宜，而同时也发生障碍，予表现以限制。于是艺术家总想超过这种限制，不受材料的束缚，强使材料去表现它性质所不容许表现的境界。譬如画的媒介材料是颜色和线条，可以表现具体的迹象，大画家偏不刻画迹象而用画来'写意'。诗的媒介材料是文字，可以抒情达意，大诗人偏不专事'言志'，而要诗兼图画的作用，给读者以色相。诗跟画各有跳出本位的企图。"① 可见，"跳出本位"，超出媒介或材料固有性质之限制或束缚，强使它们"去表现它性质所不容许表现的境界"，正是"出位之思"的本意。也正是在这个意义上，"出位之思"可以

---

① 据日本学者浅见洋二所述，此处所引《中国画与中国诗》一文中的这段文字见于《开明书店二十周年纪念文集》（开明书店 1947 年版）所收该文的初版。后来，钱钟书对《中国画与中国诗》一文进行过大幅度修改，此段文字未见于《旧文四篇》（上海古籍出版社 1979 年版）和《七缀集》（上海古籍出版社 1985 年版）所收该文。《开明书店二十周年纪念文集》于 1985 年由中华书局再版，但所收该文是修改后的版本。（转引自浅见洋二：《距离与想象——中国诗学的唐宋转型》，金程宇、冈田千穗译，上海古籍出版社 2013 年版，第 113 页。）

被视为跨媒介叙事的美学基础①。

说起"出位之思",我们当然不会忘记英国唯美主义运动的理论家和代表人物沃尔特·佩特。事实上,佩特对"出位之思"问题的看法,也正是其在《文艺复兴》一书中论及乔尔乔内时提出来的②。在《乔尔乔涅画派》一文中,沃尔特·佩特这样写道:"虽然每门艺术都因此有着各自特殊的印象风格和无法转换的魅力,而对这些艺术最终区别的正确理解是美学批评的起点;然而,需要注意的是,我们可能会发现在其对给定材料的特殊处理方式中,每种艺术都会进入某种其他艺术的状态里。这用德国批评家的术语说就是'出位之思'——从自身原本的界限中部分偏离出来,通过它,两种艺术其实不是取代彼此,而是为彼此提供新的力量。"③ 正因为如此,所以我们在文学艺术的百花园中可以发现那么多通过杂交或越位而培育出来的具有别样风姿的动人的花朵:

---

① 龙迪勇:《空间叙事本质上是一种跨媒介叙事》,《河北学刊》2016 年第 6 期,第 86—92 页。
② 乔尔乔内之所以被沃尔特·佩特视为一名体现了"出位之思"的"跨媒介"艺术家,除了上文提及的其绘画可以很好地达到雕塑般的立体效果之外,还表现在其画作具有浓郁的诗意和音乐感上。而之所以会有这种效果,是因为乔尔乔内本身就是一名出色的诗琴弹奏者和歌手。对此,乔治·瓦萨里在《著名画家、雕塑家、建筑家传》一书中这样记载:"他酷爱诗琴,在他的时代里是一个出色的诗琴弹奏者和歌手,因而常常受雇在各种音乐聚会和达官贵人的宴会上表演。他学习绘画,觉得十分合意;在这方面他是大自然的宠儿,他亦酷爱大自然之美,因而他作品中的一切都是写生的……好的作品总是打动他的心,他博采众长,把能发现的不同寻常的美和丰富多彩的变化融入他的画中。"(乔治·瓦萨里:《著名画家、雕塑家、建筑家传》,刘明毅译,中国人民大学出版社 2004 年版,第 219—220 页。)
③ 沃尔特·佩特:《文艺复兴》,李丽译,外语教学与研究出版社 2010 年版,第 169 页。

一些最美妙的音乐似乎总是近似于图画，接近于对绘画的界定。同样，建筑虽然也有自己的法则——足够深奥，只有真正的建筑师才通晓——但其过程有时似乎像在创作一幅绘画作品，比如阿雷那的小教堂；或是一幅雕塑作品，比如佛罗伦萨乔托高塔的完美统一。它还常常会被解读为一首真正的诗歌，就好像那些卢瓦尔河乡村城堡里奇形怪状的楼梯，好像是特意那样设计，在它们奇怪的转弯之间，人生如戏，生活大舞台上的演员们彼此擦肩而过，却看不见对方。除此之外，还有一首记忆和流逝的时间编织而成的诗歌，建筑常常会从中受益颇多。雕塑也一样渴望走出纯粹形式的森严界限，寻求色彩或具有同等效果的其他东西；在很多方面，诗歌也从其他艺术里获得指引，一部希腊悲剧和一件希腊雕塑作品之间、一首十四行诗和一幅浮雕之间、法国诗歌常和雕塑艺术之间的类比，不仅仅是一种修辞。[①]

在沃尔特·佩特看来，在音乐、绘画、建筑、雕塑与文

---

① 沃尔特·佩特：《文艺复兴》，李丽译，外语教学与研究出版社2010年版，第169页。

学（诗歌）之间，往往会产生追求跨媒介效果的"出位之思"，而这会给文学艺术作品带来别样的魅力和独特的美感。正如我们在上文中已经知道的，乔尔乔内通过在平面的、二维的画面中"同时表现其正面、背面和两个侧面"，从而在描绘一个人的时候达到了一种雕塑般立体的、三维的艺术效果。沃尔特·佩特把乔尔乔内画派的这种具有立体效果和丰富表现力的绘画叫作"绘画诗"。沃尔特·佩特认为，创作这种"绘画诗"，"在很大程度上依赖于主题或是主题阶段的灵活选择，而这种选择是乔尔乔内画派的秘密之一。他们属于风俗画派，主要创作田园诗画，但是在创作这种绘画诗的过程中，在选择像最迅捷、最完全地适应图画形式，以便通过素描和色彩来完整表达内容等方面，他们练就了一种神奇的手法。因为此流派的作品虽然是诗画，却属于一种无须讲述就能展现其中故事的诗歌形式。大师在做出决定、把握时机、迅速反应方面是卓越不凡的，借此他再现了瞬间的动作——披上盔甲，头颅高贵地向后扬着——昏倒的女子——拥抱，快速亲吻，与死亡一起从垂死的嘴唇上捕捉到——镜子、光亮盔甲和平静水面的刹那联结使一个立体形象的各个角度同时展现出来，解决了绘画能不能像雕塑一样完全展现物体的令人迟疑的问题。突然的动作、思维的快速转变和一瞬即逝的表情——他捕捉到了瓦萨里评价他时所说的那种活泼的线条和鲜明的色彩。……它是戏剧性诗歌最高门类的理想的部分，给我们展现了一种深刻的、具有重大意义的活生生的瞬间：一个简单手势、一道目光，也可能是一抹微笑——短暂却具体的瞬间——然而，一段漫长历史的所有主题、所有的趣味和效果都浓缩其中，而且似乎在一种对现在的强烈意识中承载了过去和未来。这些是乔尔乔内画派在掌握了高超手法的同时，从古老的威尼斯市民那个狂热、喧嚣、多姿多彩的世界里选取的理想瞬间——时间流逝中精致的停顿，我们被吸引于其中，似乎在观看存在那里的所有的丰盈内涵，而它们也像是生活的完美精华或典范"①。不难看出，在沃尔特·佩特的笔下，乔尔乔内画派的"绘画诗"的魅力是多么的大、表现力是多么的强、艺术性是多么的高——它有限的画面竟然可以同时展现"一个立体形象的各个角度"，它选取的"理想瞬间"竟然可以浓缩"一段漫长历史的所有主题、所有的趣味和效果"——它无愧于"戏剧性诗歌最高门类的理想的部分"的美誉，而这正是"出位之思"所带来的神奇的艺术效果。

　　总之，沃尔特·佩特认为，乔尔乔内画派通过其高超的艺术手法，在空间维度上以二维的画面达到了立体的效果；在时间维度上，其画作也超出了空间性媒介的界限，达到了

---

① 沃尔特·佩特：《文艺复兴》，李丽译，外语教学与研究出版社2010年版，第189页。

像时间性的文学作品那样的叙事效果。其画作是一种"绘画诗"——"属于一种无须讲述就能展现其中故事的诗歌形式"。

此外，沃尔特·佩特还主张，所有成功的艺术作品都应该尽可能地逼近音乐，从而创造纯粹或尽可能纯粹的形式美。在《乔尔乔涅画派》一文中，佩特这样写道："所有艺术都共同地向往着能契合音乐之律。音乐是典型的，或者说至臻完美的艺术。它是所有艺术、所有具有艺术性的事物'出位之思'的目标，是艺术特质的代表。"[①]"所有艺术都坚持不懈地追求音乐的状态。因为在其他所有形式的艺术里，虽然将内容和形式区分开来是可能的，通过理解力总是可以进行这种区分，然而艺术不断追求的却是清除这种区分。诗歌的纯内容……如果没有创作的形式、没有创作精神与主旨，它们就什么都不是。这种形式，这种处理的模式应该终结于其自身，应该渗透进内容的每个部分……"[②] 显然，佩特认为所有其他艺术都难以完全达到这种创造纯粹的形式，也就是说，难以完全实现形式即内容的艺术理想，"而音乐这门艺术最大限度地实现了这种艺术理想、这种内容和形式的完美统一。在极致完美的时刻，目的和手段、形式和内容、主题

---

① 沃尔特·佩特:《文艺复兴》，李丽译，外语教学与研究出版社 2010 年版，第 169、171 页。
② 沃尔特·佩特:《文艺复兴》，李丽译，外语教学与研究出版社 2010 年版，第 171 页。

和表达并不能截然分开；它们互为对方的有机部分，彼此完全渗透。这是所有艺术都应该不懈向往和追求的——这种完美瞬间的状态。那么不是在诗歌中，而是在音乐里我们将会找到完美艺术的真正类型或标准"①。对于沃尔特·佩特的这种观点，大作家博尔赫斯非常欣赏，在《长城和书》一文中，博尔赫斯谈道："一切形式的特性存在于它们本身，而不在于猜测的'内容'。……而佩特早在 1877 年就已经指出，一切艺术都力求取得音乐的属性，而音乐的属性就是形式。"② 我们认为，佩特的观点尽管稍显偏狭，却也不无几分道理，因为创造出完美、纯粹的形式，或者说把"内容"尽可能地融入"形式"，确实是艺术创造的最高理想，而只有音乐"最大限度地实现了这种艺术理想"，因此音乐应是所有艺术"出位之思"所追求的目标。

---

① 沃尔特·佩特:《文艺复兴》，李丽译，外语教学与研究出版社 2010 年版，第 175 页。
② 豪尔赫·路易斯·博尔赫斯:《长城和书》，载《探讨别集》，王永年、黄锦炎等译，上海译文出版社 2015 年版，第 5 页。

第三节 ∶
跨媒介叙事 ∶

　　就叙事而言，"出位之思"实际上就表现为跨媒介叙事："所谓'出位之思'之'出位'，即表示某些文艺作品及其构成媒介超越其自身特有的天性或局限，去追求他种文艺作品在形式方面的特性。而跨媒介叙事之'跨'，其实也就是这个意思，即跨越、超出自身作品及其构成媒介的本性或弱项，去创造出本非自身所长而是他种文艺作品特质的叙事形式。"[①]

　　这里需要强调的是："跨媒介"并不是"多媒介"，也并不会在实践中变成另一种媒介，它只是以一种表达媒介（如绘画）去追求另一种表达媒介的美学效果（如乔尔乔内绘画中雕塑般立体的、三维的艺术效果），其媒介本身自始至终都没有发生改变（如乔尔乔内的绘画并没有因为它具有雕塑般的效果而变成实际的雕塑，它本质上还是一种绘画）。也

[①]　龙迪勇：《空间叙事本质上是一种跨媒介叙事》，《河北学刊》2016年第6期，第89页。

就是说，体现"出位之思"的跨媒介叙事作品本身在文本形态上仍然是单一媒介，只是在创作或欣赏此类作品时，我们必须"跨"出其本身所采用的这一媒介，去追求他种媒介的美学效果或形式特征。比如，我们说马塞尔·普鲁斯特的《追忆似水年华》这一文字性叙事作品在结构上体现出一种"大教堂"般的"空间形式"（这种形式本身是造型艺术所擅长或固有的），但这并不是说《追忆似水年华》这一小说文本是由文字和图像两种媒介构成的，而是说该作品虽以单一的文字为媒介但在很大程度上达到了造型艺术的形式效果。同理，我们说贝诺佐·戈佐利的画作《莎乐美之舞和施洗者约翰被斩首》，"在其最简单的形式中，图画叙事用清晰的序列表现事件，即从左到右，类似于西文字母表的顺序"[①]，这并不是说这幅画作中有图像和字母两种媒介，而是说贝诺佐·戈佐利仅以图像就达到了文字所具有的那种叙事效果，其画面本身仍只有图像这个单一的媒介。当然，我们常常可以在小说中发现增饰或说明性的插图，或者在图像中发现解释或题记性的文字，但这种现象并不是我们这里所说的跨媒介叙事，也许把它们称作"多媒介叙事"更恰当些。

　　按照罗兰·巴特的说法，叙事的媒介是多种多样、五花

---

① 　西摩·查特曼：《故事与话语——小说和电影的叙事结构》，徐强译，中国人民大学出版社 2013 年版，第 20 页。

八门的。但凡器物、图像或其他任何材料能够被我们用作表征的媒介，它们便能作为叙事的"符号"或讲故事的手段。因此，巴特认为："对人类来说，似乎任何材料都适宜于叙事。"[1]既然如此，那么对于叙事来说，何种媒介才堪称是其"本位"，也就是说，何种媒介是最适合用来叙事，或者说，何种媒介在叙事时效果最好呢？显然，由于任何叙事作品均涉及或长或短的一段时间，所以像绘画、雕塑、建筑这样的在表征时间方面具有天然缺陷的空间性媒介是不太可能擅长叙事的；而在时间性媒介中，纯粹的音符由于不具备明确的表意功能，所以也不太适合用来叙事。因此，只有既具备时间特性又具有极佳表意功能的语词才是最好的叙事媒介，也就是说，在叙事活动中，语词才可以说是最具本位性的媒介。正因为如此，所以当以语词写成的文学作品（时间艺术）在表征时间性的叙事活动中有意识地去追求某种造型艺术的空间效果的时候，它其实已经越出本位在进行跨媒介叙事了；而本来擅长表现空间中并列性事物的造型艺术（空间艺术）却偏偏喜欢去表征时间性的叙事活动（中外艺术史上存在的大量故事性图像就是明证），这当然也是一种跨媒介叙事。

在我们看来，最主要的跨媒介叙事就发生在时间艺术与

---

① 罗兰·巴特：《叙事作品结构分析导论》，张寅德译，载张寅德编选：《叙述学研究》，中国社会科学出版社1989年版，第2页。

空间艺术的相互模仿之中：像诗歌、小说这样的时间性叙事作品欲取得造型艺术的"空间形式"，或者像绘画、雕塑这样的空间艺术去创造文学性、叙事性的"绘画诗"的时候，那种最富创意的"出位之思"就出现了。无疑，这种"出位之思"——跨媒介叙事，往往会催生出仅仅墨守媒介本位的文学艺术所无法达到的神奇的艺术效果，表现出单一媒介所无法表现的丰盈的艺术内涵。当然，跨媒介叙事不仅发生在时间艺术与空间艺术之间，还发生在空间艺术与空间艺术之间（比如，有时候绘画通过二维平面讲述故事时会力求达到雕塑般的立体效果）、时间艺术与时间艺术之间（比如，某些现代小说会极力追求音乐般的叙事效果）。

由于小说现在已经无可置疑地成为文学体裁中最主要的叙事文体，而"空间叙事"自 20 世纪以来成为小说叙事艺术中最富有创造性的领域，所以，下面我们将通过考察小说的"空间叙事"，对跨媒介叙事现象做简要的阐述。

小说的"空间叙事"当然是一种跨媒介叙事现象，因为在"空间叙事"中，作为时间艺术的小说偏偏要去追求空间艺术的美学效果。对于这种现象，笔者已在专著《空间叙事学》[①] 及论文《空间叙事本质上是一种跨媒介叙事》[②] 中做过系

---

① 龙迪勇：《空间叙事学》，生活·读书·新知三联书店 2015 年版。具体可参考其中的第一至第七章。
② 龙迪勇：《空间叙事本质上是一种跨媒介叙事》，《河北学刊》2016 年第 6 期，第 86—92 页。

统的探讨，在此不再赘述。下面，我们仅从"跨媒介"的角度对其叙事特性做些补充论述。

1972 年 3 月 2 日，乔·戴维·贝拉米曾对苏珊·桑塔格做过一次访谈，其中就谈到了小说这一叙事文类所受到的其他艺术或其他媒介的影响。桑塔格认为，现代小说已经发生了深刻的变化，它们不再像 19 世纪的小说那样以种种平庸的方式去看待现实了，这部分"是因为其他形式的影响"，部分"又是因为其他形式（比如新闻业，它已经变得更加充满活力）和电视的竞争。……正如摄影出现时绘画发生变化，画家再也无法感到他们的工作可以不言自明地提供一种图像一样，小说在当下与其他形式分享的任务的重压下，也已经慢慢地发生了变化"。① 接下来，贝拉米谈道："电视已经影响了小说的形式，尤其是因为图像变化的迅速和场景与人物变化的迅捷。也就是说，即使你看一个小时的连续剧，每十分钟你也得看六条广告，于是你被突然带到了某个遥远的地方。某些实验小说里似乎正在形成的一个惯例是运用多个空间，众多空间之间进行切换，这可以归因于电视里在发生的事情。但是，当然，电视里发生的事情，我认为，要么是偶然的，要么是出于对高端电影技术的模仿。"② 对此，桑塔格的回答

---

① 乔·戴维·贝拉米:《现代小说的风格》，载苏珊·桑格塔:《苏珊·桑塔格谈话录》，姚君伟译，译林出版社 2015 年版，第 4 页。
② 乔·戴维·贝拉米:《现代小说的风格》，载苏珊·桑格塔编:《苏珊·桑塔格谈话录》，姚君伟译，译林出版社 2015 年版，第 5—6 页。

是："我认为它更多地来自电影，这是一种老的影响。比如，福克纳和多斯·帕索斯都深受电影叙事技巧的影响，《美国三部曲》里的一些招式则是直接对故事片和新闻短片某种剪辑的模仿。人们在学习同时处理更多的信息，似乎某些说明已经没那么必要，甚至无趣。大多数年轻读者——中学生和大学生——会告诉你他们发现以前的小说太长了。他们感觉狄更斯、乔伊斯、托尔斯泰或者普鲁斯特看不下去。他们希望读某种节奏更快、描述不那么多的东西。"[①]

确实如此，随着电影、电视以及其他大众化艺术形式的迅猛发展和普及，那种传统的小说叙事方式已经不受读者欢迎了，这在某种程度上逼迫着以语词为创作工具的作家们去学习和借鉴其他艺术或其他媒介的长处，从而在小说中进行可以达到其他艺术美学效果的跨媒介叙事。就贝拉米和桑塔格所谈到的电影对小说的影响而言，这确实是20世纪以来小说叙事领域毋庸置疑的事实，爱德华·茂莱说得好："随着电影在20世纪成了最流行的艺术，在19世纪的许多小说里即已十分明显的偏重视觉效果的倾向，在当代小说里猛然增长了。蒙太奇、平行剪辑、快速剪接、快速场景变化、声音过渡、特写、化、叠印——这一切都开始被小说家在纸面上

[①]　乔·戴维·贝拉米：《现代小说的风格》，载苏珊·桑格塔编：《苏珊·桑塔格谈话录》，姚君伟译，译林出版社2015年版，第6页。

进行模仿。"① 尽管也有人觉得小说家和电影导演所操持的叙事媒介各有特色、各有短长，但语词自有图像所无法比拟的优点，所以作家们没有必要为电影的飞速发展而忧伤，因为"像霍桑这样的作家善于对人物和思想做出深刻的分析，而电影导演则仅限于侍弄平面的画面而已"，那些更为偏激的人甚至公开叫嚣让电影"见鬼去吧"②。"然而，并非所有的文人……都主张让电影'见鬼去'的。在詹姆斯·乔伊斯的指引下，一代新成长起来的小说作家很快就试图去找出霍桑的艺术在多大程度上能够既吸收进电影的技巧而又不牺牲它自己的独特力量。1922 年之后的小说史，即《尤利西斯》问世后的小说史，在很大程度上是电影化的想象在小说家头脑里发展的历史，是小说家常常怀着既恨又爱的心情努力掌握20 世纪的'最生动的艺术'的历史。"③ 尽管有人也许不愿意相信上面的话，但爱德华·茂莱所说的确实是事实。如果去考察 20 世纪以来的小说史，在那些最富有创造性的小说中，尤其是那些具有"空间叙事"特征的小说中，我们很容易发现来自电影的影响。下面，我们就以 20 世纪以来最具独创性的作家之一詹姆斯·乔伊斯为例，来谈谈其小说所受到的

---

① 爱德华·茂莱：《电影化的想象——作家与电影》，邵牧君译，中国电影出版社1989 年版，第 4 页。
② 爱德华·茂莱：《电影化的想象——作家与电影》，邵牧君译，中国电影出版社1989 年版，第 4 页。
③ 爱德华·茂莱：《电影化的想象——作家与电影》，邵牧君译，中国电影出版社1989 年版，第 5 页。

来自电影的影响。

　　说起詹姆斯·乔伊斯对电影的喜爱，在小说家中可能无出其右者。除了经常出入影院、入迷地看电影之外，他在1909年甚至说服特里斯特的一家电影联营公司到爱尔兰去开设影院线（以都柏林为起点）并雇用他当院线的筹备人；资方还答应给他利润的百分之十作为报酬。在乔伊斯的努力下，位于都柏林玛丽街45号的伏尔塔影院于1909年12月20日正式营业。但我们很难想象这种商业行为会让这位大作家真正感兴趣，其结果当然是可以预料的："在很大程度上是由于这位小说家疏于经营，都柏林的这家影院终于关门大吉，乔伊斯在他的影院生意上获利殊微。"①

　　然而，乔伊斯小说中的电影技巧是普遍存在的，也是常为评论家所津津乐道的。就拿他的代表作《尤利西斯》来说，像蒙太奇、交叉剪辑、淡入淡出、特写、切割、叠印、叠化（一个形象仿佛重叠在另一个之上）等电影技巧简直俯拾皆是，以至于有论者宣称："可以毫不夸张地说，几乎所有的电影技巧都可以在《尤利西斯》里找到其对等物。"②乔伊斯的写作习惯也不是传统的那种线性的、时间性的，而是拼贴的、空间性的，他自己把这种方法称作"镶片"——"乔

---

① 爱德华·茂莱:《电影化的想象——作家与电影》，邵牧君译，中国电影出版社1989年版，第130页。
② 爱德华·茂莱:《电影化的想象——作家与电影》，邵牧君译，中国电影出版社1989年版，第133页。

伊斯有一次在某个地方把《尤利西斯》的长条校样称为'镶片'。A. 沃尔顿·里兹对乔伊斯在《尤利西斯》和《为芬尼根守灵》中的结构方法做了系统的研究，指出这位作家使用的'镶片'一词实在是再准确不过的。乔伊斯不是按先后顺序写作《尤利西斯》的。他先设计好全书的总提纲，然后时而写作品的这一部分，时而写另一部分，最后以粗略的初稿形式实现全部计划。这正是一个电影导演在拍摄一部影片时所用的方法。在某一外景地拍摄的一些场面，在完成片里被交叉剪接进另一些在异时异地拍摄的场面；换句话说，即在拍摄工作全部告竣后，由导演和（或）剪辑师把'镶片'收集起来，按适当的顺序进行组合。"[①] 因此，正如我们最后在小说中所看到的，"《尤利西斯》有十八个部分，每个部分都有自己的风格和独特的节奏，它们被'剪辑'在一起，就如同一部爱森斯坦的影片用各种不同的活动画面来创造出丰富多样的外部形式一样"[②]。除了像"镶片"这样整体意义上的电影化的写作技巧之外，乔伊斯对一些具体的电影技巧也用得出神入化。爱德华·茂莱就曾对乔伊斯使用"空间蒙太奇"的一个卓越范例——《游荡的岩石》插曲做过出色的分析。所谓"空间蒙太奇"，"就是一种时间不变而空间元素有变的

---

① 爱德华·茂莱：《电影化的想象——作家与电影》，邵牧君译，中国电影出版社1989年版，第132页。
② 爱德华·茂莱：《电影化的想象——作家与电影》，邵牧君译，中国电影出版社1989年版，第132页。

蒙太奇，或者说，它同空间不变而内心独白在时间上自由流动的'时间蒙太奇'正好相反"①。《游荡的岩石》插曲篇幅不长，但在结构上被分割成十九个场景。乔伊斯之所以要在这个"插曲"中使用"空间蒙太奇"手法，是想赋予这十九个场景以统一性，并清楚地表明这些场景所叙述的各种事件是同时发生的（均发生在下午三至四点之间）。正如爱德华·茂莱的分析结果，乔伊斯通过使用"空间蒙太奇"的电影技巧，完全达到了这个目的。

对于詹姆斯·乔伊斯小说中的蒙太奇技巧，加拿大媒介理论家马歇尔·麦克卢汉亦有精彩的论述："随着分光镜的发明，一旦图像艺术打破了线性艺术和叙述的连续体，电影的蒙太奇手法立刻就要冒出来了。蒙太奇必须要推前和闪回。一推前，它就产生叙述。一闪回，它就产生重建。一定格，它就产生报纸的静态风景，就产生社区生活各个方面的共存。这就是《尤利西斯》表现的都市形象。"②确实，要表现出现代都市生活中的那种高度复杂的"共时性"状态，继续沿用传统小说的那种线性叙事模式显然是难以达到目的的；而电影所惯用的蒙太奇技巧，正好可以给乔伊斯这样的小说家提供叙事技巧方面的借鉴。

---

① 爱德华·茂莱：《电影化的想象——作家与电影》，邵牧君译，中国电影出版社1989年版，第136页。
② 马歇尔·麦克卢汉：《乔伊斯、马拉美和报纸》，载埃里克·麦克卢汉、弗兰克·秦格龙编：《麦克卢汉精粹》，何道宽译，南京大学出版社2000年版，第110页。

　　我们认为，小说的"空间叙事"其实就是对图像（空间艺术）的模仿，既包括对绘画式的静态平面图像的模仿（这一类"空间叙事"的小说较多，创作起来也相对容易），也包括对电影这样的动态平面图像的模仿。而且，有些具有"空间叙事"特征的小说并不满足于模仿二维平面图像，它们甚至还试图模仿像雕塑、建筑那样的三维立体空间艺术，从而使语词这样的时间性媒介能够在很大程度上实现立体性的空间叙事。比如，日本作家芥川龙之介的短篇小说《竹林中》[①]与美国作家威廉·福克纳的长篇小说《喧哗与骚动》，就是具有雕塑意味的立体空间叙事。就《竹林中》而言，对于一桩杀人事件，七个人的讲述各不相同，同一个事实，根据人们看问题的角度以及目的和情感的不同，可以呈现出不同的面貌。将这些各不相同的讲述置于同一个小说文本之中，就如同用语词构造了一个雕塑（圆雕）作品……

　　总之，像小说这样的叙事艺术要获得发展，就必须抛弃成见、与时俱进，就必须不断地借鉴其他艺术形式或其他表达媒介的长处，以发展、丰富和完善自身的艺术技巧和叙事能力。20 世纪 70 年代，苏珊·桑塔格曾经这样断言："散文体小说会越来越多地受到其他媒介的影响，不管这些媒介是

[①] 《竹林中》后来被日本著名导演黑泽明改编成电影《罗生门》，《罗生门》获得了威尼斯国际电影节金狮奖，是日本第一部获此殊荣的影片。

新闻、平面、歌曲还是绘画。小说很难保持其纯洁性——也没有理由要它保持。"①如今，随着电脑与网络技术的飞速发展，随着新媒介的不断出现，能给小说叙事带来影响的媒介当然远不止是桑塔格所提到的那些，而所谓的数字媒介就是其中最具有活力也最具创造性的一种。作为一种"新媒介"，数字媒介所创造的各类数字文本不仅在传统的叙事范畴方面有所创新，而且开辟了许多新的领域——这尤其值得我们重视，就像玛丽－劳尔·瑞安所指出的，"虽然数字文本在表现传统叙事范畴如人物、事件、时间、空间等方面创造了新颖的变体，然而，它们真正开辟的叙事学探究的新领地，却是在文本架构和用户参与方面。各种架构包括网络、树状、流程、迷宫、侧枝矢量、海葵、转轨系统……覆盖这些架构的是四个基本的用户参与模式，来自两对二元对立的交叉分类——内在参与和外在参与、探索与本体。每个参与模式都将被展示为与特定架构和特定主题的搭配，以产生互动叙事的各种文类"②。正如我们如今在现实中所看到的，数字媒介确实已经在很多方面为叙事艺术打开了新的视域，小说家需要做的就是去了解这种媒介、熟悉这种媒介，并创造性地运用"出位之思"，把这种新媒介的本质特性融入语词叙事的

---

① 乔·戴维·贝拉米:《现代小说的风格》，载苏珊·桑塔格:《苏珊·桑塔格谈话录》，姚君伟译，译林出版社 2015 年版，第 6 页。
② 玛丽－劳尔·瑞安:《故事的变身》，张新军译，译林出版社 2014 年版，导言第 13—14 页。

跨媒介实践当中去。

就像某些生物经过杂交可以产生优良品种一样，一种媒介与另一种媒介"杂交"后也会产生巨大的艺术能量。对于文学艺术中的"出位之思"或跨媒介叙事的能量和魅力，马歇尔·麦克卢汉有非常深刻的见解。这位不仅对新闻传播学而且对其他人文社会科学产生过重要影响的媒介理论家认为，当一种表达媒介跨出"本位"去追求另一种媒介的"境界"或美学效果的时候，两种媒介间就存在着一种"危险的关系"，但这种关系孕育着巨大的"杂交能量"[1]。麦克卢汉说得好："两种媒介杂交或交汇的时刻，是发现真理和给人启示的时刻，由此而产生新的媒介形式。两种媒介的相似性使我们停留在两种媒介的边界上。这使我们从自恋和麻木状态中惊醒过来。媒介交汇的时刻，是我们从平常的恍惚和麻木状态中获得自由、解放的时刻，这种恍惚麻木状态是感知强加在我们身上的。"[2] 麦克卢汉甚至认为，那些真正创作出伟大作品的作家与艺术家，都借用了"另一种媒介的威力"："像叶芝这样一位诗人在创造文学效果时就充分运用了农民的口头文化。很早的时候，艾略特就精心利用了爵士乐和电影的形式来创作诗歌，造成了极大的影响。……正如肖邦成

---

[1] 马歇尔·麦克卢汉在其经典著作《理解媒介——论人的延伸》中做了论述，见第一部第五章"杂交能量——危险的关系"。

[2] 马歇尔·麦克卢汉：《理解媒介——论人的延伸》，何道宽译，商务印书馆2000年版，第91页。

功地使钢琴适应芭蕾舞的风格一样，卓别林匠心独运，将芭蕾舞步和电影媒介美妙地糅合起来，发展出一套似巴甫洛娃狂热与摇摆交替的舞姿。卓别林把古典芭蕾舞运用于电影表演中。他的表演恰到好处地糅合了抒情和讽刺。这种糅合也反映在艾略特的诗作《普鲁夫洛克情歌》和乔伊斯的小说《尤利西斯》之中。各种门类的艺术家总是首先发现如何使一种媒介去利用或释放另一种媒介的威力。"① 是的，那些真正具有独创性的现代作家与艺术家，总是会有意无意地去进行"出位之思"，也就是说，他们在保持自身媒介本色的同时，也会利用或释放"另一种媒介的威力"而进行跨媒介叙事。在我们看来，这其实也正是现代文学、现代艺术有别于传统文学、传统艺术而独具魅力的根本原因所在。

研讨专题

1. 媒介一般有"表达媒介"和"传播媒介"两种，该如何理解跨媒介叙事中的"媒介"及其对研究路径具有的决定性影响？在目前的跨媒介叙事研究中，一般论著不区分"表达媒介"和"传播媒介"，所以造成了较大的混乱。如何评价我国目前的跨媒介叙事研究？

---

① 马歇尔·麦克卢汉：《理解媒介——论人的延伸》，何道宽译，商务印书馆 2000 年版，第 88—89 页。

2. 跨媒介叙事的美学基础是什么？与坚守媒介"本位"的叙事作品相比，跨媒介叙事作品有哪些特别的美学效果？

3. 跨媒介叙事主要分为哪几种类型？这些类型的主要特征分别是什么？

拓展研读

1. 勒内·韦勒克、奥斯汀·沃伦：《文学理论》，刘象愚、邢培明、陈圣生、李哲明译，浙江人民出版社 2017 年版。

2. 乔治·瓦萨里：《著名画家、雕塑家、建筑家传》，刘明毅译，中国人民大学出版社 2004 年版。

3. 阿尔贝蒂：《论绘画》，胡珺、辛尘译注，江苏教育出版社 2012 年版。

4. 叶维廉：《中国诗学》（增订版），人民文学出版社 2006 年版。

5. 沃尔特·佩特：《文艺复兴》，李丽译，外语教学与研究出版社 2010 年版。

6. 苏珊·桑塔格：《苏珊·桑塔格谈话录》，姚君伟译，译林出版社 2015 年版。

7. 爱德华·茂莱：《电影化的想象——作家与电影》，邵牧君译，中国电影出版社 1989 年版。

8. 马歇尔·麦克卢汉：《理解媒介——论人的延伸》，何道宽译，商务印书馆 2000 年版。

9. 埃里克·麦克卢汉、弗兰克·秦格龙:《麦克卢汉精粹》,何道宽译,南京大学出版社 2000 年版。

10. 玛丽-劳尔·瑞安:《跨媒介叙事》,张新军、林文娟等译,四川大学出版社 2019 年版。

第五章

/Chapter 5/

图像叙事

无论是作为一个普通市民，还是作为一个研究者，我们每天都深陷于图像的包围之中，离开了图像，我们简直不知道该如何工作和生活。图像也是一种讲故事的重要形式，与语言文字相比，以各种图像形式出现的故事更具体、更生动，也更容易让我们接受。应该说，在这样的时代语境下，全面、系统、深入地探讨图像叙事问题，非常有必要。本章主要探讨的问题是图像叙事的本质及基本模式。

第一节 •
：
图像的空间性与时间性 •

　　要了解图像叙事的本质，首先必须了解图像的本质。那么，什么是图像呢？按照《现代汉语词典》(第7版)的解释，图像就是"画成、摄制或印制的形象"。显然，这个定义过于简单，涵盖面也太窄，它甚至把雕塑这一重要的图像形式排除在外了。我们认为，凡是人类创造或复制出来的原型的替代品(原型既可以是实存物，也可以是想象的产物)，均可以称为图像。当然，原型与其图像的分界线有时是飘忽不定的，所以往往不太容易把握。"如果原型的信息实际上完全被传达了，我们便称之为摹真(facsimile)或复制(replica)"，"如果摹真与原型具有完全同样的特征，包括使用了同样的材料，那么它便不能算是图像"，因此贡布里希认为："植物课上使用的花卉标本不是图像，而一朵用于例证的假花则应该算是图像。"[①]

---

① 贡布里希：《视觉图像在信息交流中的地位》，载《贡布里希论设计》，湖南科学技术出版社2001年版，第111页。

图像多姿多彩、品类繁多，像雕塑、绘画（除一般的平面画之外，还包括岩画、帛画、瓶画等）、照片、皮影、剪贴画、编织图案、电影、电视等，均属于图像之列。当然，以绘画为代表的创造性图像与以照片为代表的复制性图像是有区别的：前者包含艺术家的创造，哪怕是严格写实的绘画，也表现了艺术家的情感和思想，体现了一定的主观能动性；后者则以照相机为中介，主要致力于"物质现实的复原"（克拉考尔语），哪怕是再抽象的照片，也必须以再现世界、复制对象的影像为宗旨。然而，尽管图像特征各不相同、表现形态千差万别，但它们在本质上是相同的，那就是它们都具有特定的时间性与空间性。也就是说，无论是创造性图像还是复制性图像，都必须在特定的空间中包孕特定的时间。

由于雕塑、绘画、照片等在文艺理论中一向被视为空间艺术（照片被视为艺术品，还经历了一个从不被接受到被接受的过程），所以对于图像的空间性，我们比较容易理解。要理解图像的时间性，恐怕就不是那么容易了。因此，下面我们将着重谈谈图像的时间性。

那么，什么是时间？我们又是如何感知时间、度量时间的呢？说到这个问题，我们总是很容易想起哲学家奥古斯丁的千古之问："那么时间究竟是什么？没有人问我，我倒清楚；

有人问我, 我想说明, 便茫然不解了。"① 当然, 尽管宣称"茫然不解", 博学深思的奥古斯丁还是不断地向灵魂发出追问: "时间不论如何悠久, 也不过是流光的相续, 不能同时伸展延留, 永恒却没有过去, 整个只有现在, 而时间不能整个是现在, 他们可以看到一切过去都被将来所驱除, 一切将来又随过去而过去, 而一切过去和将来却出自永远的现在。谁能使定人的思想, 驻足谛观无古往无今来的永恒怎样屹立着调遣将来和过去的时间?"② "现在如果永久是现在, 便没有时间, 而是永恒。现在的所以成为时间, 由于走向过去; 那么我们怎能说现在存在呢?"③ 为此, 奥古斯丁决定来研究一下一百年能否全部属于现在。"如果当前是第一年, 则第一年属于现在, 而九十九年属于将来, 尚未存在; 如果当前是第二年, 则第一年已成过去, 第二年属于现在, 其余属于将来。一百年中不论把哪一年置于现在, 在这一年之前的便属于过去, 以后的属于将来。为此一百年不能同时都是现在的。"④ 以同样的方法, 奥古斯丁发现一个月、一天甚至一小时"也并非全部属于现在"。在此基础上, 他进一步做出如下推断: "设想一个小得不能再分割的时间, 仅仅这一点能称为现在, 但也迅速地从将来飞向过去, 没有瞬息伸展。一有伸展, 便分

---

① 奥古斯丁:《忏悔录》, 周士良译, 商务印书馆 1963 年版, 第 242 页。
② 奥古斯丁:《忏悔录》, 周士良译, 商务印书馆 1963 年版, 第 240 页。
③ 奥古斯丁:《忏悔录》, 周士良译, 商务印书馆 1963 年版, 第 242 页。
④ 奥古斯丁:《忏悔录》, 周士良译, 商务印书馆 1963 年版, 第 243 页。

出了过去和将来：现在是没有丝毫长度的。"[①] 所以，时间事实上是永远不断的延展，是"绵延"，是"流光的相续"；而"现在"，只是一种相对性的存在，是一种理论的抽象物，因为"现在是没有丝毫长度的"。按照法国哲学家柏格森的看法，"绵延"正是时间的本质性特征。柏格森认为："绵延"并不仅仅是一个瞬间取代另一个瞬间，而是一个"过去"消融于"未来"之中并在前进中不断膨胀的连续性进程。也就是说，"绵延"是永远在生成而非某种已经定型的东西。在纯粹的"绵延"里，"过去"为完全新的"现在"所充满；而且，在纯粹的"绵延"里，个人的存在简直微不足道，因为在滚滚奔流的时间长河中，人类就像是被裹挟而去的一滴毫无自主性的水。然而，自古以来，人类就不甘心成为时间的奴隶，不甘心受时间的任意摆布，所以人类总是想尽一切办法试图征服时间、控制时间，试图拥有"现在"、通向永恒，而这正是一切艺术创造活动的内在心理基础[②]：无论是雕塑、绘画等历史较为悠久的图像创造活动，还是拍照、摄像等较为现代的日常图像创造活动，都是人类在时间长河中试图通过把握瞬间的"现在"而通往永恒的象征性行为。

---

① 奥古斯丁：《忏悔录》，周士良译，商务印书馆1963年版，第244页。

② 事实上，这也是人类之所以要从事叙事活动的内在心理基础，正如笔者在《寻找失去的时间——试论叙事的本质》(《江西社会科学》2000年第9期)一文中所指出的，"叙事的冲动就是寻找失去的时间的冲动，叙事的本质是对神秘的、易逝的时间的凝固与保存"(第48页)。

当然，对某些哲学家（如康德）来说，时间与空间一起，构成了人类感知万事万物的先验框架，时间和空间都是先验的"感性形式"。但对于普通人来说，只能通过事物的运动和变化才能感知和度量时间。是啊，日升日落，冬去春来，用着用着就变旧了的物品，不经意间发现头上悄然出现的白发……这些都是我们感知时间的参照物。正如奥古斯丁所指出的，"我知道如果没有过去的事物，则没有过去的时间；没有来到的事物，也没有将来的时间，并且如果什么也不存在，则也没有现在的时间"①。当然，奥古斯丁不是物理学家，所以他无法通过外物和光影的变化去度量时间；他也不是艺术家，所以他无法像雕塑家那样把时间塑造成某种印模。他只能通过事物在心中留下的印象去度量时间："我的心灵啊，我是在你里面度量时间。……事物经过时，在你里面留下印象，事物过去而印象留着，我是度量现在的印象而不是度量促成印象而已经过去的实质；我度量时间的时候，是在度量印象。"②"我们讲述真实的往事，并非从记忆中取出已经过去的事实，而是根据事实的印象而构成言语，这些印象仿佛是事实在消逝途中通过感觉而遗留在我们心中的踪迹。譬如我的童年已不存在，属于不存在的过去时间；而童年的影像，

---

① 奥古斯丁:《忏悔录》，周士良译，商务印书馆 1963 年版，第 242 页。
② 奥古斯丁:《忏悔录》，周士良译，商务印书馆 1963 年版，第 254—255 页。

在我讲述之时，浮现于我现在的回忆中，因为还存在于我记忆之中。"①奥古斯丁说得大致不错，但我们不能忽视这样一个事实：所有的记忆其实都在通向遗忘，印象并不能保证永远清晰如昨日。当我们追忆童年往事的时候，印象可能难免有些模糊，但一张童年时的照片，马上可以使昔日重现，一段消逝了的时光顿时历历在目……照片中保存的是"永远的现在"，它永远只在"当下"追溯过去、展现未来："在已有的各种图像形式中，唯有照片只记录当时被制作的那刻。摄影只在当下的存在中指涉古今，通过残存的遗迹追溯过去，通过可见的预兆展现未来。"②苏珊·桑塔格认为："通过精确地分割并凝固这一刻，照片见证了时间的无情流逝。"③而无情流逝的时间长河中的某一个瞬间却通过照片得以凝固④，于是，喜欢怀旧的人们完全可以根据一系列照片去还原或重构自己的人生故事。

由于受具体空间（镜头、相纸、镜框等）的限制，照片

---

① 奥古斯丁：《忏悔录》，周士良译，商务印书馆1963年版，第245—246页。

② 约翰·萨考夫斯基：《摄影师的眼睛》，载顾铮编译：《西方摄影文论选》，浙江摄影出版社2003年版，第98页。

③ 苏珊·桑塔格：《论摄影》，艾红华、毛建雄译，湖南美术出版社1999年版，第26页。

④ 当然，无论是照片还是绘画、雕塑，对时间的再现总是一件麻烦而不易做到的事。美国艺术理论家A.阿克里斯说得好："时间本身是最不可捉摸的，同样，对时间的再现和感知也是不可捉摸的。无论是在个人自己的时代和文化里，还是在他人的时代和文化里，对时间的再现和感知都难以捉摸。"（A.阿克里斯：《维登的〈基督下十字架〉与时间的描绘问题》，邵宏译，载上海师范大学美术学院编：《艺术史与艺术理论》，中国美术学院出版社2004年版，第118页）

中凝固或保存的时间显然非常短暂——仅仅只是一个瞬间。关于这一点，人们都非常赞同摄影大师昂利·卡蒂－布列松（亦译作"亨利·卡蒂埃－布勒松"）的"决定性瞬间"的说法。布列松说得好："摄影是感官和精神的瞬间运作，将世界以视觉语汇传译出来。它既是问题，也是答案；是在刹那间辨认一事实，同时以视觉所见形象的精准组合表现这事实……"[①]"生活中发生的每一个事件里，都有一个决定性时刻，这个时刻来临时，环境中的元素会排列成最有意义的几何形态，而这个形态也最能显示这桩事件的完整面貌。有时候，这种形态瞬间即逝。因此，当进行的事件中，所有元素都是平衡状态时，摄影家必须抓住这一时刻。"[②]布列松的学生法兰克·霍瓦也认为："一张照片只能在某一个决定性的瞬间拍到。"[③]"照片完全在瞬间的力量……"[④]哲学家怀特海认为："瞬间性是在一瞬间的所有自然的概念，在这里瞬间被认为是丧失了所有时间扩延的东西。例如，我们在一瞬间想到物质在空间中的分布。"[⑤]显然，瞬间这一极短的、"丧失了

① 法兰克·霍瓦:《摄影大师对话录》，刘俐译，中国摄影出版社 2000 年版，第 222 页。
② 阮义忠:《当代摄影大师——20 位人性见证者》，中国摄影出版社 1988 年版，第 152 页。
③ 法兰克·霍瓦:《摄影大师对话录》，刘俐译，中国摄影出版社 2000 年版，第 41 页。
④ 法兰克·霍瓦:《摄影大师对话录》，刘俐译，中国摄影出版社 2000 年版，第 58 页。
⑤ 阿尔弗雷德·怀特海:《自然的概念》，张桂权译，中国城市出版社 2002 年版，第 55 页。

所有时间扩延的东西"，必须通过某种空间性的物质，才能真实地被我们所把握。由于照片把某一时空中的情景单元凝固在图像中了，所以我们说它以空间的形式保存了时间，或者说，在图像中，时间已经被空间化了。对此，法兰克·霍瓦有这样的论述："照片主要是时间成就的。……我们表现的是时间中的一个点，等于为空间打开一面窗。"[1] 因此，我们说，照片这一图像空间包孕着时间（雕塑、绘画等其他形式的图像空间同样如此），也就是说，在图像中，时间性是通过空间性表现出来的。说到底，"照片乃是一则空间和时间的切片"[2]，是一种以空间的形式表现出来的时空统一体。

① 法兰克·霍瓦:《摄影大师对话录》，刘俐译，中国摄影出版社 2000 年版，第50 页。
② 苏珊·桑塔格:《论摄影》，艾红华、毛建雄译，湖南美术出版社 1999 年版，第33 页。

第二节 ●
图像叙事的本质 ●
●
●

正如前面我们所论证的，尽管图像具有不可否认的时间性，但这种时间性毕竟是通过空间性体现出来的。既然照片中的时间已经脱离了原来的时间进程而凝固在空间中，那么，作为照片空间体现物的图像能完整、清晰、流利地叙述一个故事吗？因为"严格说来，讲故事是时间里的事，图画是空间里的"①，所以有些摄影家认为照片是不能用来叙事的，比如说，著名的约翰·萨考夫斯基就认为："摄影艺术本身是没有办法来叙事的。"②"在决定性瞬间发生的事情是一个视觉的而非戏剧性的高潮，它不是产生故事，而是一幅照片。"③在约翰·萨考夫斯基的眼里，甚至系列照片的叙事能力也值得怀疑："19世纪，罗宾逊和雷兰德娴熟的蒙太奇照片曾试图表现故事，它们被煞费苦心地从许多成型的负片中拼接出

---

① 阿尔维托·曼古埃尔：《意像地图——阅读图像中的爱与憎》，薛绚译，云南人民出版社2004年版，第13页。

② 李元：《谈美国摄影》，中国摄影出版社1992年版，第26页。

③ 约翰·萨考夫斯基：《摄影师的眼睛》，载顾铮编译：《西方摄影文论选》，浙江摄影出版社2003年版，第99页。

来，但在当时仅仅被看作自命不凡的败笔。在画报杂志出现
的早期，人们试图通过系列照片来叙述事件，但这些故事的
人为连贯性的获得，通常是以摄影发现的牺牲为前提的。"①
美籍华裔摄影家李元也认为："照片是按下快门一刹那间的纪
录，从正面来讲，它的那一瞬间的情况具有长久的意义，但
从反面来看则既没有解释前因，也没有预示后果，所以摄影
未免欠缺一些叙事能力。"② 然而，按照摄影艺术家莎拉·梦
的说法，答案却是肯定的："我一直觉得摄影是可以安排、可
以用画面来诉说一个故事的。我追求的画面只有最少的讯息、
最少的指标，不设定的特定的环境，却能对我说话，暗示以
前发生的和以后将出现的。我知道很多人会反对这种摄影
方式——但是为什么只能有一种摄影呢？我想以我选择的素
材——叙述性的或暗示性的——来创造画面……我找到一个
富于文学性的背景，叙述一个故事，这是唯一可以使我跃起
的跳板。"③ 虽然布列松认为用单幅图像来达到叙事目的的可
能性很小，但他没有否认图像的叙事性："有时，单幅图片，
由于构图丰富活泼，内容也充实得热力四射，也是可以在单

---

① 约翰·萨考夫斯基:《摄影师的眼睛》，载顾铮编译:《西方摄影文论选》，浙江摄
影出版社 2003 年版，第 97 页。
② 李元:《谈美国摄影》，中国摄影出版社 2001 年版，第 25 页。
③ 法兰克·霍瓦:《摄影大师对话录》，刘俐译，中国摄影出版社 2000 年版，第 36、
38 页。

幅的影像中包含完整的事件的。然而,这种情况很少发生。"①
既然人们可以用照片中的画面（图像）来叙述一个故事,那
么，它是如何做到这一点的呢?

写到这里，我们应该来区分一下图像的类型。美国艺术
史家马克·D.富勒顿在研究古希腊艺术时，曾区分了"象征
性"与"叙事性"两种图像造型类型:"象征性造型，像女人
体像、男人体像和葬礼场景都不是叙述某个事件，只是代表
了某种物体或现象。而叙事性场景虽然也有象征性，但他们
主要和某个故事或事件相连,而且通常和神话故事相联系。"②
今天，我们可能还得加上一种类型——静态写实性图像，如
肖像画（照）、风景画（照）之类。显然，本书考察的是"叙
事性"图像，"象征性"与"静态写实性"两种图像类型被
排除在外了。

既然是叙事性图像，当然应该叙述某一具体事件;而既
然要叙述事件，就必然涉及某一时间进程或时间系列。是
啊，无论是采用何种媒介（声音、文字、图像）来叙事，我
们永远无法改变这样一个事实——叙事是在时间中相继展开
的（哪怕是迷宫式的复线叙事，也无非是多条时间线索的并
置或交错），它必须占据一定的时间长度，遵循一定的时间

---

① 亨利·卡蒂埃-布勒松:《摄影的表达旨趣》，载顾铮编译:《西方摄影文论选》，
浙江摄影出版社 2003 年版，第 50 页。
② 马克·D.富勒顿:《希腊艺术》，李娜、谢瑞贞译，中国建筑工业出版社 2004 年
版，第 98 页。

进程。要让图像这样一种已经化为空间的时间切片达到叙事的目的，我们必须使它反映或暗示出事件的运动，必须把它重新纳入时间的进程之中，也就是说，图像叙事首先必须使空间时间化，而这正是图像叙事的本质。这种说法也许过于抽象，接下来，我们将做进一步的阐述。

还是让我们从图像的"源头"说起吧。无论是"叙事性""象征性"还是"静态写实性"的图像，都源于现实或想象中的事物。对于现实中的事物，我们可以通过一定的媒介和手段把它的形象塑造、描摹、复制并固定下来。保罗·瓦莱利（亦译作"保罗·瓦莱里"）认为：摄影的原理就是"运用从可见物体反射过来的光线"固定住"这些物体的形象"，而且，"素描、绘画等一切摹仿艺术都能够利用感光板的力量来迅速地捕获外形"[1]。对于想象中的"事物"，尽管不能复制，但还是可以把它留在我们心目中的形象塑造和描摹出来。这里，有一点是必须搞清楚的：图像与事物之间是不能画等号的。德国浪漫主义诗人诺瓦利斯曾经这样写道："人们所犯的荒谬而令人惊讶的错误是相信他们使用的语词与事物相关。他们没有意识到语言的本性——语言唯一关注的只有自身，这使得它成为一个如此丰富奇妙的谜。"[2] 其实，

---

[1] 保罗·瓦莱利：《摄影百年祭》，载顾铮编译：《西方摄影文论选》，浙江摄影出版社 2003 年版，第 27 页。

[2] 转引自苏珊·桑塔格：《静默之美学》，载《激进意志的样式》，何宁、周丽华、王磊译，上海译文出版社 2007 年版，第 29 页。

对图像也可作如是观，正如有学者所指出的，"胡塞尔在《逻辑研究》中把'图像意识'看作是一种想象行为，甚至把整个想象都称作广义上的'图像意识'，因为西文中的'想象'实际上更应当译作'想像'（imagination）。这里的'像'（image），或者是指一种纯粹的精神图像，例如在自由想象的情况中；或者是指一种物质的图像，例如在图像意识的情况中。这个意义上的想象或图像意识所具有的共同特征就在于，它所构造的不是事物本身，而是关于事物的图像"[①]。当然，"一幅画的产生可能是为了表现一个特定的人、一个特定的建筑物或一件特殊的历史事件。但是，从严格的逻辑角度讲，在一幅画表现任何特定的事物、人物或状态之前，它是一种事物的图像"[②]。总之，"无论呈现在图像中的事物是何等的无可非议，它都不是事实本身。在这方凝固的小小黑白影像中，很多事物被过滤掉了，有些东西清晰得不自然，或重要得夸张。物体和图像不是一回事，尽管它们看上去相同"[③]。

图像不是事物本身，它只是事物的形象或影像，这就给图像带来了一个重要的特征——去语境化（失去和上下文中其他事物的联系）。由于照片与事物本身最为接近，所以下

[①] 倪梁康：《图像意识的现象学》，载陶东风、金元浦、高丙中主编：《文化研究（第3辑）》，天津社会科学院出版社2002年版，第91页。
[②] 保罗·克劳瑟：《20世纪艺术的语言：观念史》，刘一平等译，吉林人民出版社2010年版，第9页。
[③] 约翰·萨考夫斯基：《摄影师的眼睛》，载顾铮编译：《西方摄影文论选》，浙江摄影出版社2003年版，第97页。

面的论述主要以照片为例，但这里必须指出的是：我们得出的结论对其他图像形式同样适用。

众所周知，现实生活中的事件总是在一定的语境中发生的，都发生在特定的空间中，都有着一定的时间脉络。要不然，事件就只是不能进入人类认知视野的"自在之物"。进入记忆中的事件尤其如此，因为被记忆的事件必须对记忆者具有某种意义，才能进入记忆的轨道，也就是说，进入我们记忆中的事件已经经过了"意义"的过滤和编排。我们经常说，照片中储存着我们的记忆。从某种程度上来说，确实如此。照相机将事物以图像的形式从生活之流中移出，并以照片的形式加以固定，使人在若干年之后犹能旧梦重温。在事物无可避免的流逝中，照相机"挽救了一系列的外观，并使它们保持原样。在照相机发明之前，没有什么可以拥有记忆的能力，除了在心灵的眼中"，"然而，不同于记忆，照片自身不能保存意义。它们提供外观——具有我们通常赋予外观的所有可信度和重要性——而撇开其意义。意义是理解功能的产物。'这种功能在时间中发生，必须在时间中加以解释。只有那样叙述，才能让我们理解。'照片自身无法叙述什么。它们保存瞬间的外观"[1]。"一张照片保存了时间的一个瞬间，

---

① 约翰·伯杰：《摄影的用途——献给苏珊·桑塔格》，载顾铮编译：《西方摄影文论选》，浙江摄影出版社 2003 年版，第 89 页。

阻止它被后来的瞬间抹去。在这方面，相片或许可以与储存在记忆中的影像相比较，但是存在一个根本性的差异：记忆中的影像是持续经验的剩余，而相片却将不相关瞬间的现象孤立出来。"[①] 确实，照片"不同于记忆"，因为有关事件的记忆不同于数字、地名之类的机械记忆，它仍是连续性的、语境化的；而照片脱离了生活之流，它只是一种断裂的、去语境化的存在。

脱离背景的"孤立"必然产生歧义。当照片从具体事件的形象流中离析出来之后，由于去语境化，由于在时间链条中的断裂，图像的意义开始漂浮，变得不确定起来。苏珊·桑塔格说得好："一张照片不过是一个框架，随着时间的推移，其系留处也就松开了臂膀。它漂移到一个模糊抽象的历史概念之中，任人进行各种各样的解读（或与其他照片相配）。"[②] 在《另一种讲述的方式》一书中，约翰·伯格（亦译作"约翰·伯杰"）根据不同职业的人对同一张照片的不同反应，形象地说明了图像的这种歧义性。比如这张关乎树与人的照片（见图5-1），不同职业的人就有不同的描述：

[①]　约翰·伯格、让·摩尔：《另一种讲述的方式》，沈语冰译，广西师范大学出版社2007年版，第76页。
[②]　苏珊·桑塔格：《论摄影》，艾红华、毛建雄译，湖南美术出版社1999年版，第87页。

图5-1 树与人的照片

商场园丁：这让我想起某个正在找最佳位置拍照的人！他喜欢大自然。他是个摩登派，喜欢离开大城市。他在四处寻找那种家里找不到的东西。

职员：未来属于年轻人！希望的图像。他的脸和衬衫是感人的。我情不自禁地想说：春天！

女学生：一个藏在鲜花盛开的树丛背后的家伙。他正在躲藏、玩耍。他想告诉人们他正在躲起来。

……

女演员：一个年轻人在鲜花盛开的树丛中。春天。性感。这让我想起费利尼（Fellini）的电影《阿玛柯德》（*Amarcord*）中一个情节，有个男人大叫道："我要女人！"只是在这里，男人很年轻，且花满枝头。

……

　　工厂工人：这很漂亮，不过要是彩照的话，花儿的色彩会更鲜艳。他爬得高高的，他一心想往高处爬。就是这样。①

此外，还有银行家、舞蹈教师、心理学家、理发师等人，他们的描述都各不相同。最后，约翰·伯格揭开了谜底："事实是：华盛顿，1971 年，在一次反越战游行示威中，四十万人在白宫前集会。这个年轻人爬到了树梢上，想要看得更清楚些，也为了拍下当时的照片。"②

　　关于去语境化所带来的叙事断裂和意义漂浮的情况，约翰·伯格用图做了形象的说明（本书略有修改）：在现实生活中，一个事件总是表现为在时间中的进展，它具有持续性，并有时间（运动）的方向，从而使得意义能够为我们所把握，这种情况可表示为：

$$— — — — \rightarrow$$

　　时间进展中的事件于某一个瞬间被照相机捕捉到，随着"咔嚓"一声，其影像在胶片上固定下来。于是，事件的时

---

①　约翰·伯格、让·摩尔：《另一种讲述的方式》，沈语冰译，广西师范大学出版社 2007 年版，第 42—43 页。
②　约翰·伯格、让·摩尔：《另一种讲述的方式》，沈语冰译，广西师范大学出版社 2007 年版，第 43 页。

间进程被切断，这种情况可表示为：

$$----|---\rightarrow$$

显然，被切断的位置在时间进程中只是非常短的一个"点"，而这个"点"中的事件以空间化的图像形式（照片）固定了下来。对某些人来说，这个"点"也许只是一个陌生的、无意义的"点"，但对当事人或知情者来说，这个"点"却可以扩展为一个"圆"，"这个圆的直径取决于被拍事件的瞬间现象中可被发现的信息的数量。直径（即接收到信息的数量）可以因为观众与被拍事件的个人关系而发生变化"[1]。这种情况可表示为：

$$\odot$$

看来，之所以会产生照片解读中的歧义性现象，就是由于其图像的去语境化与非连续性。而任何叙事都是语境化的、连续性的——不管叙述方式有多奇特，叙事者总要讲出一个大体完整的故事——这就必然与图像的去语境化和非连续性特征不能相容。那么，图像叙事者是如何解决这一矛盾的呢？苏珊·桑塔格认为："照片乃是一则空间和时间的切片。在一个由摄影形象支配的世界里，所有的界限（'框架'）俨然都是专断的。一切事物都可以与其他事物分割，可以被切断。

---

[1] 约翰·伯格、让·摩尔：《另一种讲述的方式》，沈语冰译，广西师范大学出版社2007年版，第98页。

所需要的只不过是将事物以不同的方式框起来。（反过来任何事物也可以使之与任何其他事物毗连）摄影强化了一种社会现实的唯名论观点，认为社会显然是由无数个小的单位所组成——由无限的可以被拍摄成照片的事物所组成。这个世界通过照片而成为一系列互不相关、独立的粒子，而且历史、过去和现在，成为一套逸事和社会新闻。照相机将现实分解为原子，使之可以操纵，变得晦涩。它是一种拒绝联系和连续性，但又赋予每一刻以神秘性质的世界观。任何照片都具有多重意义。"① 在这段话里，桑塔格既指出了照片的专断性、非连续性特征，也暗示了图像叙事的无限可能性，因为它"也可以使之与任何其他事物毗连"——这就使图像具备了叙事的可能性：每个人都可以为一张哪怕是完全陌生的照片恢复或重建一个语境，从而使空间化的事件的瞬间形象重新进入时间的进程之中（自然，这种重建的"语境"与原始语境并不一样；而且，由于每个人赋予图像的语境不一样，所以哪怕是面对同一张照片，不同的人可能会讲出不同的故事）。众所周知，叙事是对一个完整动作的"模仿"，而"动作在本质上不可能是静止的。……动作（有别于活动）必须在不断的发展过程中，所以它必须从别的动作中生发出来，

---

① 苏珊·桑塔格：《论摄影》，艾红华、毛建雄译，湖南美术出版社 1999 年版，第 33—34 页。

必须引起别的不同的动作"①。只有空间性的图像进入时间的进程之中，才能完成"模仿"动作，即达到叙事的目的。这种重建语境并把图像重新纳入时间的进程之中以达到叙事目的的情况，可以表示为：

概括起来，在图像叙事中，主要有两种使空间时间化的方式：（1）利用"错觉"或"期待视野"而诉诸观者的反应；（2）利用其他图像来组成系列图像，从而重建事件的形象流或时间流。值得指出的是，这两种方式都必须通过观者的意识起作用：前者主要表现为发现或者绘出生活中"最富于孕育性的那一顷刻"，从而让人在意识中"看到"事件的前因后果；后者则主要让人在系列图像中感觉到某种内在逻辑、时间关系或因果关联（否则就只是多幅图像的杂乱堆砌），从而在意识中建立叙事的秩序。

① 约翰·霍华德·劳逊:《戏剧与电影的剧作理论与技巧》，邵牧君、齐宙译，中国电影出版社 1961 年版，第 218 页。

第三节 ●
●
图像叙事的基本模式 ●

　　从大的方面来说，我们可以把图像叙事分为单幅图像叙事和系列图像叙事两类，而这两种类型又都有各自的叙述模式。应该说，单幅图像叙事的理论和模式问题更为基本，只有在解决了这一问题的基础上，才能对更为复杂的系列图像叙事问题进行探讨。所以在这里，我们先对单幅图像的叙事模式做具体分析。

　　所谓单幅图像叙事，就是要在一幅单独的图像中达到叙事的目的，这无论是对画家、雕塑家还是摄影家来说，都绝非易事。在《拉奥孔》一书中，莱辛把以画为代表的造型艺术称为空间艺术，而把以诗为代表的文学称为时间艺术。时间艺术在表现空间方面有天然的缺陷，而空间艺术在表现时间方面也有天然的缺陷。但人类的创造性冲动之一，就是突破媒介表现的天然缺陷，在时间性艺术中去表现空间，或者在空间性艺术中去表现时间。就后者而言，中外大量存在的故事画就是明证。而且，在相当长的一个时期里，"故事画是公认为绘画中最高的一门，正如叙事的史诗是公认为文学中最高的一体"①。在漫长的历史发展过程中，单幅图像叙事形成了较为稳定的叙述模式。根据对时间的处理方式，其叙事模式大体可分为三种：单一场景叙述、纲要式叙述与循环式叙述。

（一）单一场景叙述与"最富于孕育性的那一顷刻"

在图像上画出或凝固"最富于孕育性的那一顷刻"，是单幅图像叙事中最普遍的一种类型，也是艺术家、理论家讨论最多的话题之一。这种类型要求艺术家在其创作的图像作品中把"最富于孕育性的那一顷刻"通过某个单一的场景表现出来，以暗示出该场景所代表事件的"前因"与"后果"，从而让观者在意识中完成一个叙事过程。

关于这个问题，最著名的就是莱辛在《拉奥孔》中的相关表述。"最富于孕育性的那一顷刻"就是他在这部有名的著作中提出来的。莱辛认为："绘画在它的同时并列的构图里，只能运用动作的某一顷刻，所以就要选择最富于孕育性的那一顷刻，使得前前后后都可以从这一顷刻中得到最清楚的理解。"② 也就是说，画出的"最富于孕育性的那一顷刻"，必须既得让人看出前因（过去），也得让人看出后果（未来）。只

① 钱钟书：《读〈拉奥孔〉》，载《钱钟书论学文选》（第六卷），花城出版社1990年版，第75页。
② 莱辛：《拉奥孔》，朱光潜译，人民文学出版社1979年版，第83页。

有这样具有动感的图像，才能让人们在看了之后产生时间流动的意识，从而达到叙事的目的。莱辛推崇备至的古希腊雕塑《拉奥孔》，就是这种叙述类型的典范之作。

当然，关于选择"最富于孕育性的那一顷刻"加以表现的说法其实并非始于莱辛。事实上，英国的沙夫茨伯里伯爵早在 18 世纪初在《论人、习俗、意见、时代特征》一书中就提出了类似的看法。在该书的第一章"历史画的概念，或赫耳枯勒斯选择图"[①] 中，沙夫茨伯里在开头就这样写道："这一传说或者历史，根据时间秩序（order of time），可以有种种不同的表现：或者表现两位女神（贞洁女神与欢乐女神）陪伴赫耳枯勒斯的那一时刻；或者表现她们开始争吵的时刻；或者表现她们争吵得很凶了，贞洁女神似乎就要得到赫耳枯勒斯的时刻。"[②] "在第一个时刻里，赫耳枯勒斯应该画成对两位女神的出现表示惊奇；在第二个时刻，他应该显得感到有趣并且犹豫不决；在第三个时刻，我们会看到他'万分痛苦并竭力用理智的力量克制自己'。沙夫茨伯里推荐给画家的正是这种亚里士多德式的转折点（见图 5-2），虽然他也谈到了第四种表现'当贞洁女神完全赢得了赫耳枯勒斯的……

---

① "赫耳枯勒斯"又译作"赫拉克勒斯"。《赫耳枯勒斯选择图》亦名《赫拉克勒斯的判断》，由英国画家保罗·德·马泰斯（1662—1728）作于 1711 年，现藏于牛津大学阿什莫林博物馆。
② 转引自贡布里希：《艺术中的瞬间和运动》，载《贡布里希论设计》，湖南科学技术出版社 2001 年版，第 23 页。

日子和时刻'的可能性。但他又排除了这种可能性，理由是戏剧效果不佳，他还补充说，在这样的画中，'欢乐女神一定显得不高兴，或者发脾气；那种情景是与欢乐女神的性格颇不相称的'。"① 当然，在这一问题上，沙夫茨伯里和莱辛的看法大体一致，我们并非说莱辛一定受过沙夫茨伯里的影响，但至少表明他们在这一问题上可谓英雄所见略同。

图 5-2 《赫拉克勒斯的判断》

这一艺术规律当然并非西方所独有，中国古代画家在进行故事画创作时，其实也遵循着同样的规律。在《读〈拉奥孔〉》一文中，我国学者钱钟书先生就谈到了中国古代故事画的类似情况②。看来，在故事画中画出"最富于孕育性的那

---

① 贡布里希：《艺术中的瞬间和运动》，载《贡布里希论设计》，湖南科学技术出版社 2001 年版，第 24 页。
② 钱钟书：《读〈拉奥孔〉》，载《钱钟书论学文选》（第六卷），花城出版社 1990 年版，第 76—77 页。

一顷刻"，从而让瞬间事件以及该事件的"前因""后果"都从有限的画幅中脱颖而出，是画家们普遍的追求，中西方概莫能外。不仅画家们在艺术创作中遵循这一规律，中西方学者也对此有比较明确的认识，并对此进行了一定程度的自觉的理论概括。

既然"最富于孕育性的那一顷刻"在叙事性绘画中是适用的，那么，它对同样作为图像作品的叙事性照片来说适用吗？经过研究之后，我们的回答是肯定的。当然，对于摄影家来说，由于摄影的即时性、纪实性特征，艺术家主观能动性的发挥比较容易受限制，因此要实现单一场景叙述尤为困难。对此，苏联摄影理论家瓦尔坦诺夫有很深刻的认识："画家起初是在自己的想象中创造事件或人物性格，只是到后来才将它画到画布上，是预先决定好他将画哪些最典型的、最富有表现力的瞬间，摒弃什么瞬间。与通常的绘画艺术创作不同，摄影家则是在现场随着生活过程直接地进行创作。他拍摄某一瞬间时往往不能预见到（或感觉到）这一瞬间后会有另一个更富有表现力的瞬间，因为他创作的作品是艺术形象的时间与事件实际发生时间相一致的。每个会拍照的人都会知道，时间是不可逆转的，时机过去了，任何力量也无法挽回。摄影家的才能多半就在于，他善于在照片中表达出'瞬间精华'，从而最充分而富有表现力地体现出生活现象。"① 此外，"在摄影中事情之所以难办，还因为没有什么定规可供摄影者据以去确定那体现着事件的'瞬间精华'的时机。假使他可以预先看到事件，而后确定事件进行过程中哪个瞬间最重要再来拍摄它，拍摄工作就容易得多了"②。可遗憾的是，我们总是很难"预先看到事件"，所以要在单张照片中运用单一场景来达到叙事的目的，实在不是一件容易的事。当然，困难归困难，但很多优秀的叙事性照片还是很好地做到了这一点。比如，巴拉纳乌斯卡斯的摄影作品《冲突》（见图 5-3），就是这方面成功的范例。该照片表现的是一对恋人吵架之后的一个瞬间的情景，让我们先来看看瓦尔坦诺夫对这张照片的概括和评述："尽管情况很紧张，但是照片中的时间处理带有叙事的性质。这对恋人的心理状态表现得很好：我们看见了第一次与第二次争吵之间的一个瞬间——男青年安然地把两手交叉在胸前，装出望着天空的样子，他对一切都满不在乎。女青年把脸扭过去不理睬他，正处在紧张的等待中，期望他认错。摄影者介绍了人物性格和他们发生冲突后的情况，他自己并不以为，也不使我们以为两人很快就会和好。作者有意识地使照片中的叙述成为时间上未完

---

① A. 瓦尔坦诺夫：《摄影的特性与美学》，罗晓风译，中国摄影出版社 1992 年版，第 42 页。
② A. 瓦尔坦诺夫：《摄影的特性与美学》，罗晓风译，中国摄影出版社 1992 年版，第 43—44 页。

成的叙述。"[1] 从照片本身和瓦尔坦诺夫的概括及评述来看，《冲突》确实是一幅优秀的叙事性摄影作品，摄影者巴拉纳乌斯卡斯善于捕捉生活中富有含义的细节，并确实抓取到了能有力地表现特定主题的"决定性瞬间"。

图5-3　《冲突》

选取"最富于孕育性的那一顷刻"来加以表现，固然可以作为一条规律在图像叙事中加以运用，因为艺术史上的大部分叙事性图像作品确实是这样来表现的，但真理往前多走一小步就有可能变成谬误——我们千万不要以此来否认其他表现的可能性。事实上，也有学者认为，对于图像叙事作品

————————

[1]　A. 瓦尔坦诺夫：《摄影的特性与美学》，罗晓风译，中国摄影出版社 1992 年版，第 46 页。

来说，其最有效果的表现在于"描绘故事的高潮"，如英国古希腊罗马艺术研究专家苏珊·伍德福德就认为："最具戏剧性的瞬间捕捉的是动作发展的最高点，即故事的高潮，因此大多数艺术家会选择赫拉克勒斯杀死涅墨亚狮子、奥德修斯刺瞎波吕斐摩斯或者埃阿斯自杀的场景。"① 应该承认，这种选取"最具戏剧性的瞬间"（即所谓的"顶点"）来加以表现的图像叙事方式，确实可以取得很好的效果。此外，选取"顶点"之后的瞬间来加以表现，只要场景选择得当，表现也得法，也就是说，只要画面有助于延展事件的时间进程，就可以很好地达到叙事的目的。这方面较为成功的例子是"装饰在奥林匹亚宙斯神庙中的一个柱间壁"，这个柱间壁描绘的同样是赫拉克勒斯杀死涅墨亚狮子的故事。不过，它选择的既不是搏斗的最高潮，也不是高潮之前的情景，而是高潮之后的情景，但它同样达到了很好的效果。正如苏珊·伍德福德所说，"描绘高潮之前的瞬间能够创造出非常强大的冲击力，同样道理，描绘高潮之后的瞬间也是如此。这类作品中一个最感人的例子来自装饰在奥林匹亚宙斯神庙中的一个柱间壁……它表现的是搏斗之后的情景。赫拉克勒斯摆着一个典型的伟大猎手的姿势，一只脚踏在死去的狮子背上，但是

---

① 苏珊·伍德福德：《古代艺术品中的神话形象》，贾磊译，山东画报出版社 2006年版，第 29 页。

没有别的动作来表现这个伟大的猎手了。他的一只胳膊肘撑在膝盖上，手托着头。这个姿势说明他已经精疲力尽，他的脸显得非常年轻，有点像个孩子，只是在他光滑的前额上有一道略显忧虑的皱纹。这一形象将赫拉克勒斯的人性捕捉下来，体现出英雄和普通人一样，也有疲惫和灰心的时候。看客们都会明白，这位疲惫不堪的年轻人仅仅完成了他的第一项任务，前面还有很多任务在等着他"[①]。

（二）纲要式叙述与时间并置

纲要式叙述也叫"综合性叙述"，即把从不同时间点上的场景或事件要素中挑取的重要者"并置"在同一个画幅中。由于这种做法改变了事物的原始语境或自然状态，带有某种"综合"的特征，故又称"综合性叙述"。由于这种叙述模式与意识的"共时性"原理（荣格语）暗合，所以它有着古老的历史，至今也没有失去其重要性。

美国艺术史家马克·D. 富勒顿在研究古希腊艺术时，曾以殉葬艺术品"波吕斐摩斯图案双耳细颈椭圆土罐"（约作于公元前 660 年，高 144 厘米，现藏于艾琉西斯考古博物馆）为例，对这种叙述模式进行了说明："……花瓶主要表现了奥

---

① 苏珊·伍德福德:《古代艺术品中的神话形象》，贾磊译，山东画报出版社 2006 年版，第 39—40 页。

德修斯弄瞎独眼巨人波吕斐摩斯的场景。我们很容易辨认出奥德修斯，因为他被画成了白色的，而且身材略小（和荷马描述的相一致）——如果这是画家的匠心独运，那可真是很微妙的一个细节。而独眼的巨人则身材高大，他手里的酒杯让我们想到，希腊人要让他喝醉以确保计划的成功。但当那支燃烧的火棍插入他的眼睛时，他已经失去知觉了。而他的狂饮烂醉也到此为止。所以这个图案表现的不仅仅是故事中的一个场景，而是把故事各个阶段的很多要素都综合在了一起，表现的是各个时间段一系列的事件。这种叙述方式被称作'纲要式叙述'（也就是'综合性叙述'）。它和单一场景的叙述方式是不同的，几何形酒罐[1]上的图案就属于单一场景叙述，向我们表现的是某一特定时间点上发生的事情。"[2]这种图像叙事方式在古希腊艺术中可能比较常见，因为在一只年代稍晚的拉哥尼亚陶杯（创作于公元前565—前560，现藏于巴黎钱币博物馆）上，我们还可以看到以同样的叙述方式表现同样主题的图案，只是上方多了一条蛇，而下方多了一条鱼（见图5-4）。关于这幅图像，苏珊·伍德福德这样写道："这位库克罗普斯人坐在右方，他的两手各抓着一只人脚。我们可以想象，这是以奥德修斯手下为食，享用一顿

---

[1] 指古希腊几何形陶酒罐，作于公元前720年左右，高21.5厘米，现藏于慕尼黑国家考古历史博物馆。

[2] 马克·D. 富勒顿：《希腊艺术》，李娜、谢瑞贞译，中国建筑工业出版社2004年版，第98—99页。

人肉大餐之后的残羹剩饭。站在库克罗普斯人面前的那位正给他献上一杯葡萄酒。同时，端酒杯者的另外一只手举着一根木杆，在另外三人的帮助下一起将木杆刺入库克罗普斯人的眼睛里。从逻辑上来看，这些动作不可能同时进行。库克罗普斯人两手都占着，因此他应该无法接受献上的美酒。众人不可能如此鲁莽地去刺库克罗普斯人的眼睛，因为他还在享用他的美餐，而且尚未喝得酩酊大醉。艺术家既没有呈现给我们故事的一个瞬间，也没有表现一系列的情节。他只是想一步一步地提醒我们故事是如何发展的——库克罗普斯人吃了人，库克罗普斯人被灌醉，库克罗普斯人被刺瞎——但是，所有的步骤都集中在一个形象里了，这成了一个非常完整的概况。上方的蛇和下方的鱼有些匪夷所思。蛇有可能只是一种装饰或者一种穴居动物，而鱼可能暗示着奥德修斯的海上之旅。用这样一个提纲挈领的形象来表达一个故事中的几个重要部分，不啻是一种高度节俭之道。"①

----

① 苏珊·伍德福德：《古代艺术品中的神话形象》，贾磊译，山东画报出版社 2006年版，第 43 页。

图 5-4　拉哥尼亚陶杯上的波吕斐摩斯图案

　　显然，"纲要式叙述"模式的要点在于：在一幅单独的图案中，把故事发展阶段中的多个事件要素"纲要式"地"综合"在一起，从而让人在意识中完成整个叙事过程。显然，这种叙述模式的时间处理要点是：把相继发生的属于不同时段的"瞬间"提取出来，并通过一定的组合方式，把它们并置在同一个空间，表现在同一个画幅上。如果我们比较一下图 5-4 与表现同样的故事情节（奥德修斯和他的同伴刺瞎独眼巨人波吕斐摩斯）但没有采取纲要式叙述模式的另一幅古希腊绘画（阿哥斯双耳喷口罐残片，作于公元前 7 世纪中叶，现藏于阿尔戈斯博物馆，见图 5-5），就可以更容易地看出这种叙事模式的特征了。

图 5-5　阿哥斯双耳喷口罐残片上的图案

　　关于这种叙事方式，或者说表现运动的方式，大雕塑家罗丹有很好的论述。他认为吕德的雕塑《奈伊将军》表现了两种姿态，"这座像的运动不过是两种姿态的变化，从第一种姿态，这位将军拔剑时的姿态，转到另一种姿态，即他举起武器奔向敌人时的姿态"；而这种把对两种姿态的表现融为一体的手法，"就是艺术所表现的各种动作的全部秘密"。①不仅如此，"绘画和雕塑能使人物活动起来"，"有时，当它们在同一张画面上或同一组群像里表现着几个连续的场面的时候，绘画和雕塑能做到和戏剧艺术相等的地步"。②比如，"有一张 15 世纪意大利的小幅画，叙述着欧罗巴的传说"："先看见年轻的公主在草地上和同伴游戏，接着同伴扶她骑上天帝朱彼得变成的那头公牛；再远一些，则见这位公主，

①　罗丹：《罗丹艺术论》，沈琪译，人民美术出版社 1987 年版，第 35 页。
②　罗丹：《罗丹艺术论》，沈琪译，人民美术出版社 1987 年版，第 39 页。

非常惶恐地被这头神兽背负到波涛中。"[1] 罗丹认为："这是很原始的一个方法，可是这个方法，连某些伟大的画家也采用……"[2] 接下来，罗丹重点分析了法国画家让·安东尼·华多的名作《发舟爱之岛》（又译作《舟发西苔岛》，作于1717年，现藏于巴黎卢浮宫，见图5-6）：

> 在这幅画的前面的部分，先看见的是少妇和她的崇拜者这两个人，他们在阴凉的树下，一座绕着玫瑰花环的维纳斯的半身像前。男的穿一件爱情短服，上面绣着一颗戳伤的心，这是这次旅行委婉动人的标志。
>
> 他跪着，多情地恳求这位美人顺从他的心愿；而她则用一种也许是假装的对他漠不关心的态度，只注意自己扇子上的装饰，好像很感兴趣……[3]

① 罗丹:《罗丹艺术论》，沈琪译，人民美术出版社1987年版，第39页。
② 罗丹:《罗丹艺术论》，沈琪译，人民美术出版社1987年版，第39页。
③ 罗丹:《罗丹艺术论》，沈琪译，人民美术出版社1987年版，第40页。

图5-6　《发舟爱之岛》

　　上面说的是画中的第一个场面。"以下是第二个场面：在刚才那一对男女的左边，还有一对情侣，男的伸手来扶女的，女的接受了。""再远些是第三个场面：男的搂着情人的腰，带着她向前，她回顾自己的同伴姗姗而行，又不免有些羞涩，可是温顺地被引去了。""接着，情人们走下河滩，他们彼此都情投意合，一面笑着，一面走向小船；男子们已无须再要求——女的自己来挽着他们。"①画中所展示的这整个求爱过程，就像是一篇完整的浪漫主义爱情小说，而"小说"中的几个关键性场景，或者说"小说"的时间进程和情节发展都被"并置"到了同一个画幅上。

　　这种在同一画幅上"并置"情节的画法，我们经常在儿

────────

① 罗丹：《罗丹艺术论》，沈琪译，人民美术出版社1987年版，第40—41页。

童画或原始画中见到。这表明：这一技法也许源于人类一种古老的"共时性"意识，这种"共时性"意识可能是人类与生俱来的，只是后来受到线性时间观念的影响，这一意识才被遮蔽或有所减弱。儿童或原始人很少受到线性时间或进化观念的影响，所以他们的想象力无拘无束，反而处于一种更为自由的状态，因而在创作中不会有那么多的顾忌。正如法国哲学家莫里斯·梅洛－庞蒂所指出的，"在儿童的'图画叙述'中，他把故事的连续场面组合成一个单一的图像，并且一次性地使背景的不变要素在图像中形象地呈现出来，甚至一次性地在图像中勾勒出了采取与这一故事的如此时刻相适应的姿势的每个人物。这样一来，在那一受到重视的时刻，他把全部故事都包含在这个单一形象中，一切东西共同透过时间的厚度进行对话，并且以一定的时间间隔来设定故事的标志。在把时间看作是一系列并置的暂时瞬间的'理性的'成年人眼中，这一叙事可能显得有脱落和含糊不清。但按照我们所体验到的时间，现在仍然触及过去，它与过去处于一种奇特的共在中，唯有图画叙事的省略能够表达把现在延伸到未来中的这一故事运动，就像数学中的'回转迭合'（rabattement）表达物体的不可见角度和可见角度的共在，或者就像物体秘密地呈现在我们已经把它关闭起来的橱子中一样"①。按照梅洛－庞蒂的说法，由于儿童还未掌握"平面投影透视法"，所以其"图画叙述"往往是并置式的，这种绘画与诗歌更为接近；而掌握了"平面投影透视法"的成人，其绘画则更像散文。"平面投影透视法向我们给出的是我们的知觉的有限，它被投射、被压扁，在神灵的注视下成为散文。儿童的那些表达手法，在它们被一个艺术家以一种真正创造性的动作毫无拘束地重新采纳时，相反地给予我们一种秘而不宣的共鸣：我们的有限借此向世界的存在开放并形成诗歌。"② 是啊，当成年画家有意识地、充满创造性地利用儿童的某种表达手法时，确实可以创作出那种具有诗歌效果的伟大的艺术作品，塞尚和毕加索就曾经这样做过，而且获得了巨大的成功。

既然纲要式的叙述模式源于人类一种古老的"共时性"意识，那它必然具有某种"普适性"，而不仅仅在西方绘画中存在。事实上，"纲要式叙述"式的图像作品在其他文化传统中也确实存在。在我们中国古代的不少艺术品中也存在此类图像叙事作品。比如故宫博物院所藏的宴乐青铜壶上的局部画像（见图 5-7）：在画面的左下部有几条鱼，象征水的存在；一群射手（只有一人立于舟上）正在弯弓射雁；天

① 莫里斯·梅洛－庞蒂:《表达与儿童画》, 载《世界的散文》, 杨大春译, 商务印书馆 2005 年版, 第 170 页。
② 莫里斯·梅洛－庞蒂:《表达与儿童画》, 载《世界的散文》, 杨大春译, 商务印书馆 2005 年版, 第 170 页。

空完全为雁群所充斥，中箭的大雁有的正在扑打挣扎，有的正在回旋下坠，幸免的则急着振翅高飞；然而，在这么一个充满"动感"的场景里，居然有一群水鸟站在水边，哪怕是中箭之雁即将落到头顶也无动于衷……这种情况，如果以常理观之，实在是有些奇怪，"然而，如果说从追求艺术的真实，以这一个角落静态的描写，来补整个弋射场面的不足，完整地标志弋射环境特点与弋射过程的连续性的角度来看的话，这又是一幅很成功的绘画作品。这个角落不仅描写出弋射地点的景色，也说明这正是弋射开始之前曾有的片刻宁静——以雁群为主的水禽（其中显然包括涉禽），栖息在水边，或延颈凝望，或互相依偎；弋射开始之后，群鸟冲天而起。场面既如此壮观，而弋射的时间程序也就表现无遗了"[1]。这就是说，这幅叙事性图像把弋射之前的那一个瞬间和正在弋射时的那一个瞬间并置到了一起。这种把不同时间段中的"瞬间"并置到同一个画幅中的做法，看似矛盾，实则颇为合理，它匠心独运，真正做到了在有限的画幅中较为完整地叙述整个弋射过程。

---

[1]　刘敦愿：《中国古代绘画艺术中的时间与运动》，载《美术考古与古代文明》，人民美术出版社 2007 年版，第 52 页。

图 5-7 宴乐青铜壶上的局部画像

　　一般而言，此类图像叙事作品只是把有限的几个不同时空中的场景"纲要"性或"综合"性地"并置"在同一个画幅中，但在有些复杂的图像叙事作品中，被并置的场景居然有几十个，这样一来，图像叙事的复杂性就大大增加了。比如，有一幅题为《松赞干布和文成公主》的唐卡，其并置的场景就有三十多个，涵盖了松赞干布和文成公主人生中的几乎所有重要的场景。限于篇幅，这里就不展开分析了。

（三）循环式叙述与时间"退隐"

　　所谓循环式叙述，"就是把一系列情节融合在一起"的一种叙述模式，在这种模式中，对每个情节要么采取单一场景叙述，要么采用综合性叙述方式；而且，"在很多作品中，这种循环式叙述并不是按照时间先后顺序讲述整个事件或故事，但故事中暗含某种顺序……因此欣赏者可以对其进行理解"。^① 也就是说，在循环式叙述中，不但图像本身没有揭示出某种时间顺序，而且观者也不能以时间顺序去解读图像。或者说，这类作品的时间逻辑（甚至其叙事性）"退隐"到了画面的背后，它有赖于观者在欣赏活动中的重建。自画面观之，这种叙述模式遵循的也许是另外一种规律——空间方位规律，它符合的也许是另外一种逻辑——空间逻辑。由于构图更为复杂，这类图像叙事作品的表现力也更强。正如有的论者所指出的，"这种循环式叙述可以达到令人吃惊的效果，其表现出来的情节的复杂性可以和荷马对阿基里斯的保护层的描写相媲美，可以称得上视觉的'文学'"^②。

古希腊黑像瓶作品的代表作之一——弗朗西斯花瓶（又称为"弗朗索瓦陶瓶"，创作于公元前 560 年左右，现藏于佛罗伦萨国家考古博物馆）上的图案，就是一件循环式叙述的图像叙事作品。这个花瓶高 66 厘米，至少绘有八个神话场景。"杯肩上的雕画是最高的，也是唯一环绕整个杯壁的图案，显然是整个设计的重心。它表现的是珀琉斯和西蒂斯的婚礼。就是在这次婚礼上，雅典娜、阿佛罗狄忒和赫拉三人中最美的可以得到金苹果，于是她们起了冲突，由此又引出了帕里斯的评断，继而导致了特洛伊战争。杯子的另一面

---

① 马克·D.富勒顿：《希腊艺术》，李娜、谢瑞贞译，中国建筑工业出版社 2004 年版，第 99 页。

② 马克·D.富勒顿：《希腊艺术》，李娜、谢瑞贞译，中国建筑工业出版社 2004 年版，第 99 页。"阿基里斯"也译作"阿喀琉斯"。

绘有云集的参加婚礼的客人，这一面显然是阳面……在这一面上的上部和下部分别绘有特洛伊战争的场景（帕图科洛斯的葬礼、特洛伊罗斯的伏兵）。在两个杯子把手上分别有荷马笔下的阿贾克斯和阿基里斯，在杯子的脚上有小矮人和巨型蜘蛛的战斗。在杯口处有猎捕卡来多尼亚野猪的场景，这代表了珀琉斯故事的开始阶段。尽管几乎所有的希腊神话之间都可以找出某种联系，而杯子背面上的场景与场景之间就没有那么明显的联系了……"[①] 其实，就是那些已经建立了的联系，人们也并没有达成共识。可见，由于问题本身的复杂性，"客观地"解读这类叙事性的图像绝非易事。

在中国，在往往与"变文"相伴存在的"变相"中，就有不少"循环式"的图像叙事作品，比如，反映佛陀弟子舍利弗与外道首领牢度差斗法故事的"降魔变"壁画（敦煌莫高窟有多窟绘有这类壁画），其叙述模式基本上是"循环式"的，其中以莫高窟第九窟"降魔变"壁画（见图5-8）最具代表性。在以往的研究中，人们总是热衷于考证其中的单个情节，从而将壁画中的部分场景解读成具有叙事性的"系列"，但是，在这种解读中，总有一些场景难以纳入"系列"。也就是说，在这种研究中，虽然很多单个场景可以被理解，

---

① 马克·D. 富勒顿：《希腊艺术》，李娜、谢瑞贞译，中国建筑工业出版社 2004 年版，第 101 页。

但整个画面似乎毫无意义，难以被理解。显然，在探讨这些壁画的意义和规律上，上述研究不能让人满意。事实上，"画面不一定没有逻辑，只不过其逻辑是一种视觉的、空间的逻辑关系而已"①。艺术史家和美术批评家巫鸿认为："探索这种视觉逻辑，我们需要一种不同的方法。这种方法可以概括为：每一幅壁画都是从整体出发来设计的，因此也必须作为一个整体来研究。我们首要的任务是确定整幅画基本的构图结构，而不是（像读文学作品那样）从任何一个单独的情节读起。或者说，我们应当设想画家对画面有一个总体的构思，然后根据这一构思填充细节；而不应假定画家是被动地按照变文的顺序从第一个情节到最后一个情节来描绘故事。"② 总之，在这类"循环式"的"降魔变"壁画中，"画家将故事解体为单个人物、事件和情节，又将这些片段重新组合在踵事增华的新形式中。当这些人物和事件被画在其特定的位置后，它们的空间关系又吸引着画家去创造新的叙事联系"，于是，"这一叙事联系又引出更多的叙事联系"；如此一来，整个画面可以生出无数情节，"这些情节使整个叙事系统成为一个

---

① 巫鸿：《何为变相？——兼论敦煌艺术与敦煌文学的关系》，载《礼仪中的美术——巫鸿中国古代美术史文编》，郑岩等译，生活·读书·新知三联书店2005年版，第382页。
② 巫鸿：《何为变相？——兼论敦煌艺术与敦煌文学的关系》，载《礼仪中的美术——巫鸿中国古代美术史文编》，郑岩等译，生活·读书·新知三联书店2005年版，第382页。

无始无终的循环圈……"。① "这一循环系统在文学叙述中可以说是毫无意义，但是在绘画中它将零散的图像结合成一个视觉的连续统一体"②，所以说，这种颇为特殊的"循环式叙述"，其实是一种"消解"了时间性的"空间叙述"。

图 5-8　莫高窟第九窟"降魔变"壁画

从上面的分析不难看出，就像在文字叙事中一样，人类在图像叙事中同样可以迸发出极大的创造力——以上分析还只是针对单幅图像叙事的情况。这里必须指出的是：尽管对单幅静态图像的考察关涉图像叙事的理论基础，但事实上，图像的系列化与活动化（摄影报道、图像小说、电影、电视等）才真正提升了图像叙事的能力和水平，比如说，从照片中发展出来的电影（既是系列图像，也是活动图像）就把图

---

①　巫鸿：《何为变相？——兼论敦煌艺术与敦煌文学的关系》，载《礼仪中的美术——巫鸿中国古代美术史文编》，郑岩等译，生活·读书·新知三联书店 2005 年版，第 387 页。

②　巫鸿：《何为变相？——兼论敦煌艺术与敦煌文学的关系》，载《礼仪中的美术——巫鸿中国古代美术史文编》，郑岩等译，生活·读书·新知三联书店 2005 年版，第 387 页。

像叙事提升到了前所未有的高度。由于电影的发明，"人类首度发现留取时间印象的方法，也可以随心所欲地在银幕上复制那段时间，并且一次又一次复制它。人类得到了真实时间的铸型……"[①]。而且，还不止于此，"蒙太奇组接可以大大改变时间的计数，从而仿佛在影片结构中构成一个新的时间层次"[②]。也就是说，在电影这样一种特殊的图像艺术形式中，传统空间艺术（如绘画、雕塑等）的时间性限制被彻底突破了。

英国艺术史家诺曼·布列逊在其"新艺术史"三部曲之一《语词与图像：旧王政时期的法国绘画》[③]一书中，探讨了图像作为符号事实的可能性，他得出的结论是：语词和图像都是符号的一个成分，都是用作表达手段的能指，两者可以依据一定的条件相互转化。一旦图像被视为"符号"，其表达的自由度就可以达到和语词一样的高度（我们不妨想想语词的线性组接在叙事活动中的自由度），而图像的形象性、现场感乃至捕捉生活的能力，却均非语词所能比拟。由此不难想象：图像叙事的空间是多么的广阔。

---

① 安德烈·塔可夫斯基：《雕刻时光》，陈丽贵、李泳泉译，人民文学出版社 2003 年版，第 63 页。

② 奥·德沃尔尼琴柯：《电影和声学——感知的导演艺术》，张正芸、婴子译，《世界电影》1985 年第 6 期，第 5 页。

③ 诺曼·布列逊：《语词与图像：旧王政时期的法国绘画》，王之光译，浙江摄影出版社 2001 年版。

研讨专题

1.在艺术类型中，图像一般被视为空间艺术，那么图像的"时间性"是如何体现的呢？

2.如何理解图像叙事的本质是"空间的时间化"？

3.根据对时间的处理方式，可以把单幅图像的叙事模式分为三种，请问存在第四种图像叙事模式吗？

4.请思考，系列图像叙事可以划分为几种叙事模式？

拓展研读

1.奥古斯丁：《忏悔录》，周士良译，商务印书馆1963年版。

2.顾铮：《西方摄影文论选》，浙江摄影出版社2003年版。

3.苏珊·桑塔格：《论摄影》，艾红华、毛建雄译，湖南美术出版社1999年版。

4.马克·D.富勒顿：《希腊艺术》，李娜、谢瑞贞译，中国建筑工业出版社2004年版。

5.保罗·克劳瑟：《20世纪艺术的语言：观念史》，刘一平等译，吉林人民出版社2010年版。

6.约翰·伯格、让·摩尔：《另一种讲述的方式》，沈语冰译，广西师范大学出版社2007年版。

7.苏珊·伍德福德：《古代艺术品中的神话形象》，贾磊译，山东画报出版社2006年版。

8. 刘敦愿:《美术考古与古代文明》，人民美术出版社 2007 年版。

9. 巫鸿:《礼仪中的美术——巫鸿中国古代美术史文编》，郑岩等译，生活·读书·新知三联书店 2005 年版。

10. 安德烈·塔可夫斯基:《雕刻时光》，陈丽贵、李泳泉译，人民文学出版社 2003 年版。

第六章
/Chapter 6/

电影叙事

电影首先是一门叙事的艺术。1895 年 12 月 28 日，法国卢米埃尔兄弟公映了世界上第一部电影，叙述了"火车进站"的情景。尽管影片持续时间很短，故事也非常简单，但它标志着电影这一新的艺术形式的诞生，从此电影便以其特有的方式踏上向世人叙述丰富多彩的故事的历程。

叙事对电影的重要性在电影艺术的发展历程中逐渐得到广泛认同。电影悬念大师希区柯克曾说：拍一部电影首先意味着讲一个故事。他是从创作角度强调电影与叙事的不可分割之关系的。法国电影符号学开创者克里斯蒂安·麦茨则从理论层面强调电影与叙事之间的紧密关系，他认为，电影非常适合采用叙事形态。[①] 麦茨的观点对后来的电影理论研究产生了重要影响。随着理论探讨的深入，电影叙事研究逐步聚焦电影的叙事性、表达媒介、叙事的空间与时间以及叙事

---

① 克里斯蒂安·麦茨：《电影表意泛论》，崔君衍译，商务印书馆 2018 年版，第42 页。

人称等问题。而对这些问题的研究，既有效地推动了电影叙事理论的深入，也为分析各类电影作品提供了新的理论视角，同时为当下的电影创作注入了新的活力。

第一节 ●
　　　　　：
电影的叙事性 ●

　　"叙事性"这一概念自电影诞生开始，便陆续被谢尔盖·爱森斯坦、安德烈·巴赞和鲁道夫·爱因汉姆等人所提及，他们都将电影视为"讲故事"的极佳媒介。这一时期的"叙事性"更像是对电影普遍特性的一种概括，与"真实性""虚构性"和"隐喻性"等术语并列。真正将"叙事性"提高到电影本质属性层面进行研究的是法国电影符号学大师克里斯蒂安·麦茨，他认为叙事性是"传统影片不可或缺的"[1]，电影具有内在的叙事性[2]。麦茨的论述强调了"叙事性"是电影内在的特质，这为后来的电影叙事学研究奠定了重要的基础。在麦茨的基础上，让·米特里、安德烈·戈德罗和大卫·波德维尔等电影理论家也对电影中的"叙事性"进行了定义和深入探讨。虽然他们的观点并不完全一致，但都认为叙事性是电影的本质属性之一，这一共识

---

[1]　克里斯蒂安·麦茨:《电影表意泛论》，崔君衍译，商务印书馆 2018 年版，第174 页。
[2]　克里斯蒂安·麦茨:《电影表意泛论》，崔君衍译，商务印书馆 2018 年版，第43 页。

凸显了叙事性在电影研究中的基础性地位和重要性。

那么，电影的叙事性是如何呈现的呢？我们的回答是：通过媒介。事实上，任何一种艺术都必须通过媒介才能叙事，电影当然也不例外。但不同于小说、绘画、音乐等单一媒介艺术的是，电影属于多媒介艺术，它可以将几乎所有时间性和空间性媒介纳入其中并进行有序排列，"不同的艺术手段是作为若干本身完整而互相分离的结构形式结合在一起的"①，以顺利完成叙事进程。概括起来说，就是动态系列图像、声音和文字等媒介的排列与组合一起构成了电影的叙事性。

按照美学家莱辛的说法，静态图像作为"空间性媒介"，长于叙述"在空间中并列的事物"②；而动态系列图像则既具有空间艺术的优势，也拥有时间艺术的优势，因而在叙事中如鱼得水。音符和文字等"时间性媒介"，本来就擅长叙述"在时间中先后承续的事物"③。因此，电影既长于叙述"在空间中并列的事物"（通过银幕画面），也长于叙述"在时间中先后承续的事物"（通过蒙太奇、长镜头、倒放特效等艺术手段），它将近乎所有媒介的叙事优势融进自身的叙事之中。正如爱因汉姆所说，电影既能"忠实报道我们世界中新奇的、

① 鲁道夫·爱因汉姆：《电影作为艺术》，邵牧君译，中国电影出版社 2003 年版，第 162—163 页。
② 莱辛：《拉奥孔》，朱光潜译，人民文学出版社 1979 年版，第 82 页。
③ 莱辛：《拉奥孔》，朱光潜译，人民文学出版社 1979 年版，第 82 页。

特别的和动人的事物"①,还"允许时间和空间上的跳跃"②。巴赞更是将电影的叙事性提到如"神话"一般的高度：在大多数电影先驱的想象中，"电影这个概念与完整无缺地再现现实是等同的，他们所想象的就是再现一个声音、色彩和立体感等一应俱全的外在世界的幻景"③。总之，多种媒介共同构成了电影的叙事性，其中最重要的是直接调动观众视觉的动态系列图像媒介，即电影擅长以直观的视觉媒介为基础来叙述故事，这就是克拉考尔在《电影的本性——物质现实的复原》中提出的"视觉优先原则"：观众大部分时候是在"看电影"，而不是"理解一个故事"，视觉媒介层面的表达是构成电影叙事性的主导因素。

视觉媒介层面的叙事性被电影叙事学者戈德罗称为电影"内在的"叙事性，他认为电影中的"任何一个镜头都是一个叙事"，镜头作为电影内在的媒介组成部分与叙事有着天生的亲缘性。这种"内在的"叙事性源自叙事学的一个研究分支——"表达叙事学（语式叙事学）"④，其代表人物为法国文学理论家热拉尔·热奈特。该分支的研究者们认为：

---

① 鲁道夫·爱因汉姆:《电影作为艺术》，邵牧君译，中国电影出版社 2003 年版，第 27 页。
② 鲁道夫·爱因汉姆:《电影作为艺术》，邵牧君译，中国电影出版社 2003 年版，第 66 页。
③ 安德烈·巴赞:《电影是什么?》，崔君衍译，商务印书馆 2017 年版，第 14—15 页。
④ 安德烈·戈德罗、弗朗索瓦·若斯特:《什么是电影叙事学》，刘云舟译，商务印书馆 2005 年版，第 10 页。

叙事的表达（讲述的话语）比内容更重要，他们看重的是某一信息是通过何种表达形式传达给接收者的，例如小说叙事使用文字，电影叙事运用动态系列图像、音乐和文字等。具体到电影作品来说，"内在的"叙事性常被研究者理解为电影风格或"形式"，如法国导演戈达尔、特吕弗等人常用画外音和文字（而非画面）来主导叙事，因而其影片的叙事风格往往被各类电影史概括为"新浪潮"，这类影片更看重的是叙事风格上的独特性和叙事艺术上的探索性。

叙事风格、蒙太奇技巧和画面构图等电影"内在的"叙事性特征并非普通观众关注的重点，故事情节才是。为此，戈德罗提出了一个与"内在的"叙事性相对应的"外在的"叙事性。"外在的"叙事性源自叙事学的另一个分支——"内容叙事学"[①]，其主要代表人物为法国语言学家格雷马斯。内容叙事学优先考虑的是叙事内容（被讲述的故事），尝试使用完全独立于表达叙事内容的媒介，不关心叙事内容采用何种表达媒介（画面或语词等）传达给观众。对于一般观众来说，"外在的"叙事性是影响观影体验的更重要的因素，比如在当今中国电影市场上，一个好的故事是一部电影获得高票房的基础，观众越来越偏爱能讲好中国故事的中国电影。

---

① 安德烈·戈德罗、弗朗索瓦·若斯特：《什么是电影叙事学》，刘云舟译，商务印书馆 2005 年版，第 10 页。

此外，电影"外在的"叙事性有明显的强弱之分，以卢米埃尔的早期电影为例，《水浇园丁》展现了一个完整的故事情节——从园丁平静的工作状态到淘气鬼打破这一平静再到园丁惩罚淘气鬼并恢复工作，形成了一条清晰的叙事弧线。相比之下，《火车进站》和《工厂的大门》的叙事性明显较弱，它们更多的是在呈现单一场景或事件，缺乏明显的情节转变和故事的完整性。

电影"内在的"叙事性和"外在的"叙事性两者相互补充、互相交融，共同构成了电影的完整叙事。正如弗朗西斯·瓦努瓦所说，"在这些代码中，有的是电影特有的（只在电影中使用），有的不是电影特有的（可以在别处使用）"①。兼顾电影"内在的"与"外在的"叙事性，有利于全面了解电影的内容呈现方式、叙事风格及其意义生成。

由于不同研究者的研究语境与理论基础不同，有关电影的叙事性问题还有许多不同的观点。比如，波德维尔和汤普森的《电影艺术：形式与风格》的早期版本（1990年第四版）曾专门开辟出"非叙事系统"这一章节，论述电影中存在叙事性极弱甚至缺失的情况；热奈特也认为，只有叙事者讲述了一些事件才能够形成叙事，舞台和电影演出只是通过

---

① 弗朗西斯·瓦努瓦:《书面叙事·电影叙事》，王文融译，北京大学出版社2012年版，第35页。

人物演示一些事件，因此不能称为严格意义上的叙事；此外，还有爱因汉姆将电影的特性概述为视觉可见性、照相记录性和蒙太奇[①]；等等。这些学术观点和争论展示了电影叙事性问题的复杂性和多样性。只有对这些不同观点有所了解，我们才能更全面、更系统、更深入地理解电影的叙事性。

[①]　鲁道夫·爱因汉姆：《电影作为艺术》，邵牧君译，中国电影出版社2003年版，第202页。

第二节
电影叙事的空间与时间

电影兼具空间艺术和时间艺术的叙事特征，所以为了更好地理解电影叙事，必须重点关注时间和空间两个维度。电影叙事的空间"从虚到实"主要分为四类：故事空间、形式空间、心理空间和存在空间[1]。

所谓故事空间，就是叙事作品中写到的那种"物理空间"（如一幢老房子、一条繁华的街道、一座哥特式城堡等等），其实也就是事件发生的场所或地点。电影的画面始终蕴含大量的地形信息（物理空间信息），即使是近景镜头或特写镜头也不例外。[2] 正如擅长研究电影空间的加尔迪所言，"'一个脸部特写'绝非意味着银幕上只有唯一一个物体（人脸），因为这样的名称以多个物体的预先合成为前提——眼睛、鼻子、嘴唇、皮肤的颗粒等等，其整体可以表现一张人脸，表示'一个脸部'。但各个组成部分也表现为个体，对它们可

---

[1]　龙迪勇：《空间叙事学》，生活·读书·新知三联书店 2015 年版，第 563 页。

[2]　安德烈·戈德罗、弗朗索瓦·若斯特：《什么是电影叙事学》，刘云舟译，商务印书馆 2005 年版，第 108 页。

以再做一些内部'划分'"[1]。事实上,电影很难从"情景的环境"中抽象出行动,构成故事情节的每一个事件必然发生在一个实在的"物理空间"之中。侧重故事"物理空间"的电影叙事研究比较"接地气",如西部电影叙事研究、地缘电影研究、乡土电影研究、"一带一路"沿线电影研究等,这类研究往往将地域风光、文化民俗和传说故事等纳入研究范畴,相对具有较强的"实体感"。

所谓形式空间,即叙事作品整体的结构性安排呈现为某种空间形式。这一空间在绘画中表现为"构图",在小说中表现为"中国套盒"、圆圈、链条等非线性的结构模式;在电影中,情况会更复杂一些。电影叙事的形式空间至少可以分为三个层面:画格空间、镜头空间和情节空间。

第一,画格空间。此类空间即单个画格(单幅图像、单帧)所构成的空间,是电影叙事中所有空间建构的基础。电影中先有画格(单幅静态图像,它已经是空间),再连接另一个画格(它也已经是空间)。将至少二十四张内容有联系的画格在一秒钟之内进行连续有序地播放,最低限度的电影叙事性才会真正出现(试想二十四张内容毫不相干的照片被快速播放,没有观众会将其看作电影里动起来的画面,而是电子相片集)。一般来说,电影的画格空间是稳定、连续且

---

[1] André Gardies, *Approche du récit filmique*, Albatros, 1980, p. 49.

易于理解的，仅有部分特殊的绘画电影才会表现纯粹的、难以理解的抽象，并尝试构建一种"反观看习惯"的画格空间，如里希特、艾格林和库贝尔卡等先锋电影人的实践。① 此外，画格空间并非电影所特有，漫画、插图本小说、摄影等静态图像艺术中也有画格空间存在。

第二，镜头空间。这种空间即多个连续画格所构成的单个镜头中的空间。在以麦茨等学者引领的"第一电影符号学"研究热潮中，镜头空间被放置在一个十分重要的位置，它被定义为电影叙事的基本单元。麦茨著名的"八大组合段"就是在镜头空间的定义上建构的。戈德罗和若斯特在麦茨研究的基础上，深入探讨了镜头与空间的关系，划分了被镜头表现的空间与未被镜头表现的空间，梳理了不同类型的镜头空间关系。镜头空间作为电影叙事基本单元的观点，曾受到质疑。比如波德维尔认为它根本无法作为电影叙事的一个基本单元，"一个镜头是一系列图像，一则叙事是一系列的事件及事件的状态。这两个系列没有共同的度量标准"②。他以描述时间错位的单个长镜头举例，认为"观众会理解为省略了几个小时，即使镜头并没有发生变化"，从而批评了麦茨、戈德罗等"第一电影符号学"拥护者提出的最基本的"镜

---

① 安德烈·戈德罗、弗朗索瓦·若斯特：《什么是电影叙事学》，刘云舟译，商务印书馆 2005 年版，第 108 页。
② 大卫·波德维尔：《新结构主义叙事学与电影讲故事的功能》，载玛丽－劳尔·瑞安编：《跨媒介叙事》，张新军、林文娟等译，四川大学出版社 2019 年版，第 186 页。

头－叙事单元"概念，并提出了新的"形式／功能主义叙事理论"。

第三，情节空间。此类空间一般由多个镜头空间构成，即电影通过剪辑等手法将不同的镜头空间连接起来，形成整体情节的结构性安排而呈现出的某种空间形式。比如，电影《恐怖游轮》《暴雨将至》的情节就呈现为一种环形空间叙事的结构形式。单个镜头或简单电影一般难以构成"空间性"的情节，如《火车进站》和《工厂的大门》等早期电影，就因为情节简单而只能形成因果－线性的叙事结构模式。当然，我们一般看到的电影也多为因果－线性的叙事结构，只有具有探索性的先锋电影或艺术电影，才会刻意去创造非线性的情节空间模式。情节空间形式不仅关注单个镜头的内容，还关注镜头与镜头之间的关系，以及这些关系如何共同构建出一个超线性的空间性结构，从而立体地呈现完整的故事世界。在情节空间电影中，观众不仅可以看到角色的发展、情节的转折、冲突的升级等叙事元素，还可以"看到"整个作品的结构框架，从而更好更深入地理解电影叙事的内涵和意义。

所谓心理空间，即导演／观众在创作／欣赏一部电影时，其心理活动（如记忆、想象等）所呈现出来的某种空间特性。关于导演心理空间的研究并不多见，散见于导演访谈或个人自传中，而相关理论阐释仅见于米特里《电影美学与心理学》的部分章节。至于观众观影的心理空间，更是长期被电影理论家置于次要地位，直至 20 世纪 80 年代才开始受到重视。比如麦茨和波德维尔认为电影是一种"无人称叙述者的叙述"，旨在彻底清除叙述者，将研究重点投向观众及其心理空间。

所谓存在空间，即叙事作品存在的场所。一般而言，大多数电影都存在于电影院这样的特定空间中，尤其是早期电影，更是与电影院紧紧联系在一起，观众说"看电影"，一般都是"去电影院看电影"；而不在电影院放映的电影，人们甚至不愿意称为"电影"，而是将其贬称为"视频"或其他类似说法。然而，随着科技的发展，越来越多的电影出现在电视、平板、移动手机甚至"元宇宙"的"虚拟电影院"之中，人们不用去电影院，也可以很好地欣赏电影了。也就是说，电影的存在空间发生了重大变化，这对"欣赏电影艺术"无疑会产生影响，比如，对观众的观影心理及观影效果产生的影响。电影这种（曾经）需要特定空间（场所）的艺术，其存在空间的变化甚至会对电影叙事的主题、内容和结构形式产生影响，比如生产商会考虑生产更多在主题、内容和形式上适合在家里或其他场所观看的影片。

故事空间、形式空间、心理空间和存在空间构成了电影的叙事空间，这四类空间既相互独立，又相互影响。故事空间通过形式空间呈现在银幕上，构成一部实实在在的电影；电影在存在空间中放映，最终作用于观众的心理空间；而所有这些空间，都会对导演等电影创作者的心理空间带来影响。了解这四种叙事空间的内涵并厘清其中的关系，有利于我们深入且全面地理解电影叙事的机制。

电影叙事所涉及的时间"从虚到实"可以分为两种，即故事时间和银幕时间。

所谓故事时间，就是指叙事作品发生的"物理时间"（如火车进站的几分钟、工厂大门打开后工人下班的时间等），其实就是故事中事件发生的真实时间。总体来说，电影叙事中的故事时间会被压缩，如电影《奥本海默》中关于研制原子弹的数年时间不到三个小时便被叙述完毕。就单个镜头来说，故事时间通常会被等长呈现、拉伸或压缩，如《火车进站》中火车进站的镜头时长等于影片长度；而《黑客帝国》中的"子弹时间"镜头，则是把子弹飞行的一刹那拉伸至几秒甚至几分钟进行展示；电影中经常使用的"延时摄影"镜头，则可以将日落的几十分钟压缩（加速）至几秒播放，有些电影甚至还会通过画外音或一行字幕把几年甚至几十年的时间带过。

所谓银幕时间，即电影用银幕向观众"讲述"故事的时间。在电影叙事中，导演可以任选一个时间作为开头，花费很长的时间或者很短的时间去讲述这个故事，一次或数次提起某个故事。因此，银幕时间和故事时间往往难以重合，对此，麦茨、戈德罗和若斯特等学者提出的主要论点是：在电影中没有统一的时间标记，"电影中的一切始终处于现在时"①，所以观众走进电影院就代表电影已经开始。然而，波德维尔再次对此提出疑问："另一种说法是，一种功能主义的文学叙述方式可以表明，过去或现在时，在适当的情况下，可以传达同样的时间关系。"② 他认为并不是因为一部电影本身"处于现在"，所以需要用"特殊的惯例"来表示过去，而是因为任何孤立的电影手法的运用都涉及建构于文本内部和外部的规范，"观众可以用多种大致符合这些规范的方式来分析各种不同的材料线索"。③ 显然，关于电影叙事的时间，学术界存在不同观点，但大致还是认同从"故事时间"和"银幕时间"两个概念展开分析。

此外，还需要着重指出的是：电影叙事的时间建立在空间之上，这是电影有别于其他艺术的独特性之一。电影能指的图像特点甚至可以赋予空间某种先于时间的形式，即在电影中，先是有一个个静态的画格（即空间），当它们连续播放时，时间才得以生成。对此，加尔迪说得好：空间"表现在画格上，时间并非如此"④，而电影中的时间确实必须建立

---

① 安德烈·戈德罗、弗朗索瓦·若斯特：《什么是电影叙事学》，刘云舟译，商务印书馆 2005 年版，第 134 页。
② 大卫·波德维尔：《新结构主义叙事学与电影讲故事的功能》，载玛丽－劳尔·瑞安编：《跨媒介叙事》，张新军、林文娟等译，四川大学出版社 2019 年版，第 194 页。
③ 大卫·波德维尔：《新结构主义叙事学与电影讲故事的功能》，载玛丽－劳尔·瑞安编：《跨媒介叙事》，张新军、林文娟等译，四川大学出版社 2019 年版，第 195 页。
④ André Gardies, *Approche du récit filmique*, Albatros, 1980, p. 49.

在空间上。

　　总之，在电影叙事中，空间和时间相互交织、相互依存。空间为时间提供背景和舞台，而时间则使空间得以动态地呈现和变换。要深入理解电影的叙事特点和魅力，就必须同时关注空间和时间这两个关键要素。

第三节 ·
电影叙事的人称 ·

"是谁在叙事?"是每一个电影观众必然有过的疑问，也是电影叙事研究的另一个重要问题。叙事学的创始人之一托多罗夫就曾经这样说过："没有叙述者就没有叙事。"[①] 这一观点凸显了叙述者在叙事研究中的关键地位。在小说领域，引入一个叙述者作为读者和故事之间的桥梁是常见的做法。然而，关于电影是否存在一个明确的叙事者的问题，却一直存在争议。

戈德罗等结构主义叙事学研究者为了解决这个问题，借鉴了法国学者阿尔贝·拉费的"大影像师"概念。"大影像师"作为电影叙事的"最高叙述者"，相当于文学叙事中的"暗隐叙述者"。电影的叙事依赖一种属于话语范畴的情节逻辑。既然是话语，就必然存在一个话语的来源。因此，电影叙事人称是位于银幕外的一个"影像演示者"，即"大影像师"。当然，电影叙事人称和"大影像师"的概念也曾受到

---

① 茨维坦·托多罗夫：《诗学》，怀宇译，商务印书馆 2016 年版，第 49 页。

一些质疑，如波德维尔就曾发问：在电影中，一个简单的过肩镜头应该判定为露出后背的人物的第一人称视角，还是判定为在场目击者的第三人称视角呢？类似这样的半主观镜头大量充斥于电影文本，确定电影叙事人称确实成了巨大难题。在文学叙事中，总能很容易地找到句子的主语，从而判定其叙述人称，但在电影中难以确定。因此，波德维尔认为："如果对于电影分析，我们无法区分第一人称话语和第二人称话语，那就意味着，在电影中没有人称这个范畴的相似物。"①麦茨其实也接受了波德维尔的这个观点，将电影称为"非人称化的表述"②。对于这个问题，波德维尔进一步指出："依我看来，电影并没有'安置'任何人，而是引导观众完成诸多'运作'（operations）。"③总之，他主张从叙事的接收者（观众）角度研究电影叙事的人称。

人称问题其实是电影叙事研究的一个关键问题，以波德维尔为代表的后结构主义电影叙事学者和查特曼、戈德罗、若斯特等结构主义叙事学者，在此问题上持不同的观点。此外，戈德罗等借助热奈特提出的"聚焦"等术语，进一步探讨了电影叙事人称与影片中人物的关系，提出了"视觉聚

---

① 大卫·波德维尔：《电影叙事：剧情片中的叙述活动》，李显立译，远流出版事业股份有限公司 1999 年版，第 23—24 页。
② Christian Metz, "Impersonal Enunciation", *New Review of Film and Television Studies*, 2010, 8(4), pp. 348-371.
③ 大卫·波德维尔：《电影叙事：剧情片中的叙述活动》，李显立译，远流出版事业股份有限公司 1999 年版，第 79 页。

焦""听觉聚焦"和"认知聚焦"等概念，读者若想深入研读，可参考相关书籍。

　　"聚焦"、人称、空间和时间等是结构主义叙事学中"老生常谈"的问题，但要想深入电影叙事研究并有所创见，还必须认识到结构主义叙事学的局限，不断吸收新的研究方法和视角。

　　当下的电影叙事研究一直尝试在结构主义的框架内构建通用的叙事模型，却未能像文学叙事学那样实现从经典到后经典的转向。电影叙事学方面的经典著作如爱德华·布兰尼根的《电影中的视点：叙事理论与古典影片中的主观性》、瓦努瓦的《书面叙事·电影叙事》、戈德罗的《从文学到影片：叙事体系》、戈德罗与若斯特合著的《什么是电影叙事学》等，无一不与结构主义叙事学息息相关。电影叙事学与文学叙事学一样，从一开始便奠定了结构主义叙事学的经典地位。叙事文本的媒介特性对叙事手法的制约及其影响程度，至今似乎还没有被充分认识到。大部分电影叙事研究忽略了电影媒介所具有的特殊性和复杂性。因此，在以文学为范本的结构主义叙事学之外，亟须建立新的电影叙事学理论体系。

伴随着后结构主义叙事学的发展，学者们深入反思了结构主义叙事学的局限，并越来越重视叙事现象本身所具备的跨学科、跨媒介特质。在这一背景下，电影叙事学研究领域也涌现出了诸多新思潮。例如，波德维尔提出的"电影诗学体系"注重中观研究，为电影叙事带来了新的理论视角；电影修辞叙事学巧妙地将电影媒介与修辞学结合，探索了电影语言的修辞魅力；而电影伦理叙事学则强调电影叙事技巧所蕴含的伦理意义，为电影艺术注入了更深层次的思考。此外，女性主义叙事学、可能世界叙事学、非自然叙事学、心理叙事学等一系列新兴叙事理论也各展所长，共同参与并构建了电影叙事学的新体系。

在电影叙事学的建构过程中，结构主义叙事学的关键概念和结构体系依然发挥着不可替代的作用。语言学、符号学、结构主义、文学叙事学等理论不仅是电影叙事学的基石，也是其不断创新发展的源泉。也就是说，尽管结构主义电影叙事学存在一些问题，但由于它建立在这些坚实的理论基础之上，电影叙事研究依然需要以其为基础才可能取得真正有价值的成果。当然，未来的电影叙事学研究在保持其理论基础的同时，也需要不断吸收新的研究方法、更新研究视角，从而推动学科的持续发展和不断创新。

必须承认，到目前为止，电影叙事研究已经取得了非常丰硕的成果，但仍不断遭受质疑，比如电影符号学，确实解决了很多电影叙事中的问题，但我们也必须清醒地认识到：就像任何理论一样，电影符号学并非万能，它也有使用的范围和限度。正如美国学者吉·麦斯特所指出的，"即便是世界上最有影响的电影符号学家（法国学者克里斯蒂安·麦茨），在把电影和语言进行类比时也是极端审慎的。他对于符号学概念在电影研究中的有用程度也是极有分寸的"[1]。将电影与语言类比存在着机械挪用的固有弊端，导致它们最终无奈地走入了所谓"符号学的死胡同"[2]，即便是麦茨本人后来也转向了电影研究的精神分析领域。

而且，电影叙事学还受到文学叙事学的较大影响，其基本理论框架几乎原封不动地沿袭了文学叙事学的范式、逻辑和概念[3]。此外，中国电影有不同于西方电影的地方，如美术电影、武侠片和乡土电影等都有着较为特殊的文化和美学基础。对此，源于西方的电影叙事理论是否还适用，也是需要我们认真思考的问题。

总之，作为门类叙事学的电影叙事学仍有不少可推进、可开拓的研究领域，甚至一些学科经典问题，如电影时间与

---

① 吉·麦斯特：《什么不是电影》，邵牧君译，《世界电影》1982 年第 6 期，第 34 页。
② 让·米特里：《符号学的死胡同》，王蔚、华汶译，中国艺术研究院外国文艺研究所《世界艺术与美学》编辑委员会编：《世界艺术与美学》（第八辑），文化艺术出版社 1987 年版，第 193 页。
③ 杨世真：《电影叙事学研究中的几个问题》，《当代电影》2009 年第 11 期，第 119 页。

电影空间的相互关系、电影中的声音与画面的关系、电影技术与艺术的关系等，其实都还没有真正从理论上阐述清楚，这当然也给未来的电影叙事研究留下了继续深入探索的学术空间。

研讨专题

1. 电影的叙事媒介是什么？

2. 电影中的"空镜头"具有叙事性吗？是否存在不具有叙事性的电影？

3. 电影作为一种建立在技术之上的艺术形式，其中的技术和艺术是一种什么关系？

4. 电影叙事中的时间和空间的关系是怎样的？电影中的声音与画面是一种什么关系？

拓展研读

1. 克里斯蒂安·麦茨:《电影表意泛论》，崔君衍译，商务印书馆 2018 年版。

2. 鲁道夫·爱因汉姆:《电影作为艺术》，邵牧君译，中国电影出版社 2003 年版。

3. 安德烈·巴赞:《电影是什么?》，崔君衍译，商务印书馆 2017 年版。

4. 安德烈·戈德罗、弗朗索瓦·若斯特:《什么是电影叙事学》，刘云舟译，商务印书馆2005年版。

5.弗朗西斯·瓦努瓦:《书面叙事·电影叙事》，王文融译，北京大学出版社2012年版。

6.茨维坦·托多罗夫:《诗学》，怀宇译，商务印书馆2016年版。

7.大卫·波德维尔:《电影叙事：剧情片中的叙述活动》，李显立译，远流出版事业股份有限公司1999年版。

8.李显杰:《电影叙事学：理论和实例》，中国电影出版社2000年版。

9.谢尔盖·爱森斯坦:《蒙太奇论》，富澜译，中国电影出版社1999年版。

10.让·米特里:《电影美学与心理学》，崔君衍译，江苏文艺出版社2012年版。

第七章

/Chapter 7/

音乐叙事

　　按照美国学者玛丽－劳尔·瑞安的说法，音乐的"叙事属性"不够明显，因而其叙事能力是非常弱的，尤其是作为纯音乐的"器乐"更是如此。既然如此，那么作为一种重要的艺术类型，音乐能够像文学作品、电影、戏剧那样讲述故事吗？答案当然是肯定的，因为尽管音乐不是一种擅长叙事的艺术，但无论是在历史上还是在现实中，都可以找到许多音乐叙事的例子。本章即着力探讨音乐这样一种特殊的门类艺术的叙事问题。

　　所谓音乐叙事，即通过音乐的特定"语言"讲述、展示或传达一个或多个故事。我们认为，考察音乐叙事问题，最好根据实际情况进行区分。音乐包括声乐和器乐两种。对于声乐来说，无论是一般的歌曲、声乐套曲，还是像歌剧这样包含舞美设计的声乐表演艺术，都主要包括词与乐，属于典型的多媒介艺术，其叙事任务主要由"叙事属性"强的语词承担，音乐在这种多媒介叙事中主要起修饰或强化作用。至于器乐，也就是所谓"纯音乐"，尽管像其他时间艺术一样是偏于时间维度的媒介，其内在属性与叙事的线性要求相契合，但由于纯粹的声音作为一种媒介或"符号"很难像文字或图像那样表征出具体的意义，所以其叙事属性是偏弱的；但器乐往往可以通过借鉴或模仿其他的表达媒介或叙事作品，即通过一种特殊的跨媒介叙事方式来达到一定的叙事目的。因此，概括起来说，音乐叙事大体可以分为"多媒介叙事"与"跨媒介叙事"两种基本类型。

　　当然，作为"纯音乐"或"绝对音乐"的器乐，通过模仿文学或图像等其他艺术而进行的跨媒介叙事，在柏辽兹、舒曼、李斯特等人的积极努力下，以"标题音乐"这种特殊的音乐形式在"叙事"方面取得了极好的成绩，但同时也达到了表达的极限。在这方面，李斯特所创立的"交响诗"[①]的兴起和衰落最具代表性。"交响诗"主要通过模仿文学（也有少量"交响诗"模仿图像），来达到叙事和表现外部世界的目的，比如李斯特的《彼特拉克十四行诗》《但丁读后感——幻想奏鸣曲》《奥菲欧》《普罗米修斯》《哈姆雷特》等，就是"交响诗"音乐叙事的代表性作品。"交响诗"始自19世纪40年代晚期，一直持续到20世纪20年代，之后便迅速衰落。至于衰落的原因，主要在于："音乐和文学的匹配问题，终究是无法完美解决的，两者都在尝试融合的妥协中做出了巨大的牺牲。这是因为音乐自身的形式结构本身就不同于诗歌，音乐本能地需要用重复和再现来概括和平衡自身，但在叙事中没有相同的需求，只因叙事是一种不可避免的前进

---

① 所谓"交响诗"，也叫"诗性交响乐"，是一种由管弦乐队演奏的单乐章交响曲，以奏鸣曲式结构为主，强调音乐的矛盾冲突，具有鲜明的戏剧性、叙事性和抒情性特征，并具有较强的文学内涵。"从美学的角度来看，虽然交响诗大多与歌剧或是其他形式的声乐艺术有关，但因为交响诗没有唱词，所以又有别于上述音乐形式。在许多方面，交响诗都代表了音乐历史上标题音乐器乐形式的最复杂的演变和发展。""在某种程度上，它只是那个时代的典型产物。它满足了19世纪的三个主要愿望：将音乐与外部世界联系起来，将多乐章形式结合起来（通常是将它们融合成一个乐章），将标题音乐的器乐形式提升到比歌剧更高的地位——歌剧在以前曾被认为是音乐表达的最高方式。通过满足这些需求，它在当时的前沿音乐中发挥了重要的作用，并成为当时某些最重要的音乐作品的载体。"（休·麦克唐纳德：《交响诗的发展》，邱慧子译，载邱慧子：《李斯特两部作品的研究：〈普罗米修斯〉和〈死之舞〉》，北方文艺出版社2022年版，第83页）

运动。"①

　　看来，试图通过借鉴或模仿文学来完成跨媒介叙事，而不是联合文学或语词来达到多媒介叙事的"交响诗"音乐，在叙事上只能取得有限的成功。而且，考虑到像"标题音乐"这样的跨媒介叙事形式（"交响诗"即其典型代表），并不是音乐叙事的主流，所以，下面我们主要考察音乐的多媒介叙事现象。

---

① 休·麦克唐纳德：《交响诗的发展》，邱慧子译，邱慧子：《李斯特两部作品的研究：〈普罗米修斯〉和〈死之舞〉》，北方文艺出版社 2022 年版，第 94 页。

第二节 ⋮
音乐多媒介叙事的语词优先原则 ⋮

　　人类早期的艺术作品一般都是礼仪活动的产物，所以多半是所谓的"综合艺术"或"总体艺术"，其中又大体可以分为"诗歌、舞蹈和音乐的综合化"或"建筑、雕塑和绘画的一体化"两个大的系列。就前者而言，诗舞乐在具体的历史情境中其实是一个统一的综合性的艺术整体，比如中国最早的诗歌总集《诗经》，目前我们能够看到的其实并非全貌，大都是用于特定仪式场合中的乐舞这一综合性艺术中的"乐"之"歌词"。而且，早期艺术中随乐而舞的舞蹈，我们也只能依靠相关文献而想见其大概面貌，正如有学者所指出的，"古代文献中所谈到的乐，常常也包括舞，把舞看成是乐的容、文、饰。《礼记·乐记》上说：'屈伸俯仰，缀兆舒疾，乐之文也。''乐者，心之动也；声者，乐之象也；文采节奏，声之饰也。'就是把舞蹈的姿态、阵容、节奏，看成是乐的文采、容饰。在古代，认为音乐的声音可以通过耳朵听到，而音乐的容貌只能感受，难以看见，因此只有'假干戚、羽旄以表其容，发扬蹈厉以见其意'，声容配合，音乐才算完备，把舞的产生看成是音乐表现的必然结果和组成部分"①。

确实，由于早期的音乐无法保存，所以目前我们只能看到作为古乐之"歌词"的语词作品，即诗歌文本，以及一些反映早期诗舞乐作为"综合艺术"或"总体艺术"存在的文献资料和图像资料。比如，对于古希腊音乐，著名西方音乐史学者保罗·亨利·朗就这样认为："即使在今天，勤勉的考古学研究也只能给我们提供十来首采用古希腊记谱法的乐谱，大多支离破碎，且出自较晚的时期。然而，尚有大量的文字、造型和图像遗产，借此可以恢复希腊音乐生活的概貌，并对它进行评估。"② 根据朗的出色研究，我们得知，"古希腊音乐的整体特性源自里尔琴，这是真正的希腊本土乐器"③，而"小亚细亚人发明制造了另一种希腊的民族乐器——阿夫洛斯管"④，"史诗和抒情诗的伴奏乐器是里尔琴，悲歌和戏剧性合唱中采用阿夫洛斯管。其他的文学体裁，如诺姆和酒神赞歌，轮流交替使用这两种乐器"⑤。至于所谓的"第三种艺术"——舞蹈，保罗·亨利·朗认为："'舞蹈'与音乐和

---

① 金维诺:《舞蹈纹陶盆与原始舞乐》，载《中国美术史论集》(上卷)，黑龙江美术出版社 2004 年版，第 9 页。
② 保罗·亨利·朗:《西方文明中的音乐》，顾连理、张洪岛、杨燕迪、汤亚汀译，贵州人民出版社 2009 年版，第 3 页。
③ 保罗·亨利·朗:《西方文明中的音乐》，顾连理、张洪岛、杨燕迪、汤亚汀译，贵州人民出版社 2009 年版，第 4 页。
④ 保罗·亨利·朗:《西方文明中的音乐》，顾连理、张洪岛、杨燕迪、汤亚汀译，贵州人民出版社 2009 年版，第 5 页。
⑤ 保罗·亨利·朗:《西方文明中的音乐》，顾连理、张洪岛、杨燕迪、汤亚汀译，贵州人民出版社 2009 年版，第 6 页。

诗歌关系紧密，如不考虑它的作用，任何有关希腊音乐的图景都不可能完整。起先，舞蹈可能是巫术、鬼魔崇拜和性象征的某种形式，后来从魔法蜕变为节奏表达的艺术，从某种意义上与念咒发展为歌曲相平行。然而，舞蹈直至今日仍保持着仪式的某些特征。因此，发现这种艺术主要存在于崇拜狄俄尼索斯神的最高形式——戏剧中，便不足为奇。合唱队演唱诗节时，也翩翩起舞。舞蹈不仅是节奏形态的体现，也是对诗歌意念的加工处理与模仿表达。"① 也就是说，无论是音乐还是舞蹈，都以诗歌为核心，都是对诗歌的"伴奏"或"模仿"。

众所周知，古希腊戏剧尤其是悲剧，是一座难以逾越的艺术高峰。戏剧的主要目的当然是演示故事，但也不可否认："在感情表现到达极度亢奋时，戏剧会转向音乐。这是最单纯和最古老的戏剧形式的本质要求，因为人的灵魂被深深震撼而只能胡言乱语般呼喊时，只有音乐才能继续表达感情。索福克勒斯是位戏剧家，他的力量在于对情节动作的展示处理。而埃斯库罗斯，一位音乐家，一个合唱抒情诗人，却创造了因深刻的内心激动而触发的作品。他的情愫是作曲家的情愫，先于清晰明确的诗的意念。为了表达这种情愫，他必

---

① 保罗·亨利·朗:《西方文明中的音乐》，顾连理、张洪岛、杨燕迪、汤亚汀译，贵州人民出版社 2009 年版，第 6—7 页。

须诉之于公众的感情反应，他所使用的手段具有音乐性——抒情性的特质。在埃斯库罗斯时代，音乐和抒情仍是不可分割的整体。言辞与音调、诗歌与旋律同时被创造出来。"① 基于这种看法，保罗·亨利·朗认为："埃斯库罗斯的《阿伽门农》是悲剧中最无懈可击的例子，因为悲剧的两个组成要素——合唱歌曲与叙事对话，此时在完美的艺术统一中得以紧密结合与再生。……只有一位抒情诗人，一位音乐家，才能达到这样的效果。聆听这出戏，甚至没有当初与之不可分割的音乐，我们仍会战栗，仍会对其无法抵御的力量钦佩不已。但千万不要忘记，几乎所有这些场景都有歌唱，而不仅仅有朗诵。"② 总之，古希腊悲剧在埃斯库罗斯时代还是一种"抒情－音乐性的体裁"，而到了索福克勒斯时代，则变成了"带有音乐的戏剧"，各方面都堪称完美的《阿伽门农》使人相信"悲剧确是从音乐精神中诞生的"。③

尽管音乐在古希腊艺术中很重要，且"有一些明显的迹象表明，器乐肯定存在，而且对抒情诗——特别是基于分节结构的抒情诗类型——产生很大影响"④，但我们必须记住一

---

① 保罗·亨利·朗:《西方文明中的音乐》，顾连理、张洪岛、杨燕迪、汤亚汀译，贵州人民出版社 2009 年版，第 11 页。
② 保罗·亨利·朗:《西方文明中的音乐》，顾连理、张洪岛、杨燕迪、汤亚汀译，贵州人民出版社 2009 年版，第 11 页。
③ 保罗·亨利·朗:《西方文明中的音乐》，顾连理、张洪岛、杨燕迪、汤亚汀译，贵州人民出版社 2009 年版，第 11—12 页。
④ 保罗·亨利·朗:《西方文明中的音乐》，顾连理、张洪岛、杨燕迪、汤亚汀译，贵州人民出版社 2009 年版，第 8 页。

个基本事实：器乐在古希腊还只是个案或特例，当时占支配地位的还是作为"综合艺术"的诗舞乐；而且，在这种诗舞乐一体化的艺术类型中，"用音乐所演唱的歌词是首要元素。乐器一般被标明参与其中"①。因此，我们必须在此强调的是：不管情况如何复杂，也不管形式如何演变，"希腊音乐仍分享一些共同的原则：以诗歌为基础，与文字的韵律不可分割。为此，希腊音乐的历史多半与希腊文学的历史相一致，因为两者是无法分离的整体。这不仅是古代时期的特点，也一直延续至中世纪"②。也就是说，与后来的情况一样，古希腊音乐的多媒介叙事遵循的是诗歌（语词）优先原则。

接着保罗·亨利·朗的说法，笔者想进一步阐明：自13、14世纪开始，尤其是到了18世纪，欧洲艺术才开始出现"分立"的倾向，诗舞乐一体的"综合艺术"或"总体艺术"才开始受到"纯粹艺术"的挑战，就像奥地利学者汉斯·赛德尔迈尔所指出的那样："从18世纪末开始，各种不同的艺术开始相互分离。每一种艺术都在努力寻求自身的独立、自主、自足；每一种艺术都极力追求（一种带有双重含义的）'绝对性'。每一种艺术，都力图把自己完整的纯粹性展现出来——事实上，它们甚至把这种纯粹性提升到了某种

① 保罗·亨利·朗：《西方文明中的音乐》，顾连理、张洪岛、杨燕迪、汤亚汀译，贵州人民出版社2009年版，第7页。
② 保罗·亨利·朗：《西方文明中的音乐》，顾连理、张洪岛、杨燕迪、汤亚汀译，贵州人民出版社2009年版，第2—3页。

道德假定的高度。"① 确实如此，要迟至 13、14 世纪，甚至是到 18 世纪末，"综合艺术"一统天下的局面才开始被打破，才开始出现真正意义上的"纯粹艺术"或单一媒介艺术挑战"综合艺术"的情况。

实际上，就叙事而言，由于音乐这种特定艺术媒介的"叙事属性"偏弱，所以哪怕是在 18 世纪末艺术开始分化独立之后，甚至一直到今天，音乐叙事的主流仍然是结合其他表达媒介，尤其是结合"叙事属性"强的语词而形成的多媒介叙事，其中起主要叙事作用的仍是语词，即音乐的多媒介叙事始终遵循语词优先原则。而且，正如夏尔·巴托所指出的，"尽管有的时候，诗歌、音乐和舞蹈会彼此分开，以便适应个人的趣味和偏好，可是自然也会创造出一些原理来，使艺术能够结合并致力于同一个目标，即把我们的观念与情感原原本本地传达到受众的精神和内心。当这三门艺术结合到一起时，它们是最具魅力的……因此，当艺术家将这三门艺术分开，以精心培育和润色每一门艺术时，他们绝不能忽视自然最初的规定，也不能认为各门艺术可以完全离开彼此。各门艺术应当结合。这是自然的需要，也是趣味的要求"②。按照巴托的说法，诗舞乐一体的"多媒介叙事"，既符合"自

① 汉斯·赛德尔迈尔:《艺术的分立》，王艳华译，载周宪主编:《艺术理论基本文献·西方当代卷》，生活·读书·新知三联书店 2014 年版，第 62 页。
② 夏尔·巴托:《归结为同一原理的美的艺术》，高冀译，商务印书馆 2022 年版，第 195 页。

然最初的规定"，也是"自然的需要"和"趣味的要求"，因而"是最具魅力的"。就音乐叙事而言，笔者想进一步指出的是：音乐与舞蹈，尤其是与诗歌的结合，更是媒介自身的内在需求，因为单一而纯粹的音符作为音乐艺术的表达媒介，是很难具体而生动地把一个故事流利地叙述清楚的。因此，音乐叙事主要表现为多媒介叙事。

既然如此，那么音乐是如何与语词（诗歌）结合，来进行多媒介叙事的呢？其实，最主要的方式还是多媒介叙事中的语词优先原则，因为就叙事效果而言，语词媒介确实大大优于音乐媒介，在叙事中坚持语词优先原则恰恰是符合媒介本质特性与叙事规律的体现。正因为如此，所以保罗·亨利·朗认为：在古希腊的"综合艺术"中，"用音乐所演唱的歌词是首要元素"；也正是因为这个，所以我们认为：在音乐多媒介叙事中，直到今天，主要奉行的仍是语词优先原则。无论是曾风靡世界的俄罗斯民歌《三套车》、苏联歌曲《喀秋莎》，还是近年来流行于我国大江南北的刀郎的歌曲《罗刹海市》《花妖》等，曲调当然都非常优美，但如果没有语词的叙述，我们仅凭旋律和节奏，根本就无法知道它们讲的到底是什么故事。

另外值得强调的是：尽管音乐的多媒介叙事需要借助语词叙事的力量，但由于篇幅、曲调等方面的限制，它们不可能进行特别复杂的叙事，只能讲述一些相对简单的故事，或者简要勾勒出故事的"线条"或"轮廓"。比如，宋代词人蒋捷的《虞美人·听雨》[①]："少年听雨歌楼上，红烛昏罗帐。壮年听雨客舟中，江阔云低，断雁叫西风。而今听雨僧庐下，鬓已星星也。悲欢离合总无情，一任阶前点滴到天明。"作者只是将"少年""壮年""而今"（老年）的人生三个时段的典型空间"歌楼""客舟""僧庐"及其空间中的典型场景做精要书写，就把一个人一生的故事"轮廓"精彩地勾勒出来了；至于词中的主人公在少年、壮年、老年三个时段的实际生活和具体故事，我们从词中的语词自然难以一一坐实，但可以充分地展开想象的翅膀……此外，考虑到音乐本身确实不是一种擅长叙事的艺术，所以不少叙事性音乐的创作者，往往会在音乐作品中叙述一个众所周知且已被其他媒介讲述过多次的著名故事，形成一种特殊的"叙述中的叙述"[②]，从而顺利完成叙事。比如，刀郎的歌曲《罗刹海市》《花妖》，就是以著名故事（即蒲松龄《聊斋志异》中的小说《罗刹海市》和《香玉》）为题材，采用"叙述中的叙述"手法，达到极佳叙事效果的典型。

---

① 词本质上是一种配乐歌唱的"音乐文学"，所以尽管其所配之"乐"今已多半不存，但我们可以把宋词看成是一种"歌词"。

② 就像音乐一样，单幅静态图像的叙事能力也是比较弱的，所以我们看到的大量的叙事性图像作品一般不直接叙述日常生活中的事件，而往往是对已被其他媒介叙述过的著名的神话、历史事件或宗教故事的"再媒介化"叙述。对于这种现象，笔者在《图像叙事与文字叙事——故事画中的图像与文本》一文（载《江西社会科学》，2008年第3期，第28—43页）中论之甚详，感兴趣者可以参阅。

第三节 ●
"决定性台词"与歌剧的空间叙事 ●
●

　　在音乐的多媒介叙事中，尽管"语词优先"是其遵循的主要原则，但事实上音乐史上也出现了音乐领先于语词的多媒介音乐叙事现象，歌剧就是体现这种现象的典型体裁。歌剧当然是毋庸置疑的"综合艺术"或"总体艺术"，完整的歌剧不仅涵括音乐与语词（诗歌），还包括舞美设计等其他艺术元素；而且，任何歌剧都会给观众展示或讲述故事。那么，歌剧究竟是如何叙事的呢？

　　所谓歌剧，"即以歌唱方式演出的戏剧。但以歌唱方式演出的、带有某种情节意义的形式，并不一定就是歌剧，有时充其量只不过是化妆了的歌唱表演而已。按照意大利原文，作为一种由音乐构成的戏剧（drama per music）作品（opus），即说明这是一种把戏剧发展建立在独立音乐结构基础上的艺术样式"[①]。而且，"歌剧向有'音乐的戏剧，戏剧的音乐'之说，这是指具有舞台表演特性，并有舞台布景和服饰的，以

————————

① 钱苑、林华：《歌剧概论》（修订版），上海音乐出版社 2014 年版，第 2 页。

角色歌唱为主导，以独立的、特定的音乐结构为推进剧情发展主要手段的戏剧音乐作品"[①]。尽管作为一种典型的"综合艺术"，歌剧"既诉诸听觉又诉诸视觉，兼有各种艺术的某些特性，但它仍被归属在音乐艺术门类之中。因为虽然歌剧是综合艺术，但参与其中的各种艺术的地位不一。歌剧的序曲、前奏曲、幕间曲、咏叹调、重唱、合唱等都能在音乐会上单独演出，但从没有什么音乐会可以单独朗读歌剧脚本或挑一段选自某部大歌剧的芭蕾片段，更不用说独立演出的舞美灯光了。离开了音乐或忽视了音乐在这些综合艺术中的地位和作用，真正意义上的歌剧便无从说起"[②]。确实，我们前面所论及的音乐多媒介叙事的语词优先原则，对于歌剧来说并不适用，也就是说，在歌剧叙事中音乐元素超越语词元素，从而占据了主导地位。这虽然是个案或特例，但对于我们研究音乐的多媒介叙事现象来说，是必须考察并给出解释的。

既然歌剧"被归属在音乐艺术门类之中"，是一种"建立在独立音乐结构基础上的艺术样式"，那么，音乐（声乐、器乐）必然成为歌剧叙事的关键性要素，这其实正符合夏尔·巴托所说的综合性艺术的组合规律："某一门艺术要占据突出位置，其他艺术则要退居次席。如果是由诗来主导戏剧，

---

① 钱苑、林华：《歌剧概论》（修订版），上海音乐出版社 2014 年版，第 2 页。
② 钱苑、林华：《歌剧概论》（修订版），上海音乐出版社 2014 年版，第 2 页。

音乐和舞蹈便会与其一道出现，但那也只是为了凸显诗的地位，为了更加有力地展示诗句所包含的观念与情感。这不可能是那种构思精巧、规模宏大的音乐作品，也不可能是那种韵律分明、节奏感十足的舞蹈动作，因为那样会遮蔽诗本身，转移观者的一部分注意力。"① 既然歌剧是由音乐主导的综合性艺术作品，那么音乐当然要在其中占据突出和主导的位置："如果把音乐放在突出位置，它就有权尽情施展魅力。整个舞台都是它的。诗只能居于二线，舞蹈则居于三线。富丽华美的诗句、大胆的描写和辉煌的意象便不复存在。诗会变得素朴而天真，迈着轻柔的步子缓缓前行，仿佛是随意挥洒而成。这其中的原因在于，诗句应追随歌曲，而不是先于歌曲。在这种情况下，歌词尽管作于音乐之前，也只是为音乐表达增添了一些动力，使其含义更为清晰易懂。"②

搞清楚了作为综合性艺术的歌剧中的"诗"与"乐"的关系及其音乐的主导地位之后，我们便可以来具体讨论歌剧的叙事问题了。

作为用"歌"唱出来的音乐戏剧，歌剧当然首先姓"歌"，但歌剧中"歌"的类型及其功能并不整齐划一，大致分为两

---

① 夏尔·巴托:《归结为同一原理的美的艺术》，高冀译，商务印书馆 2022 年版，第 196 页。
② 夏尔·巴托:《归结为同一原理的美的艺术》，高冀译，商务印书馆 2022 年版，第 196—197 页。

种类型——宣叙调和咏叹调 [①]："我们把叙述性的、说白似的唱段类型的音调称为宣叙调（recitative，我国旧译为朗诵调），而把抒情性的歌调称为咏叹调（aria）。"[②] 关于歌剧中这两种主要的歌调，"最基本的区分在于宣叙调是用在叙事、非正式对话以及舞台动作，即推进剧情的段落。而咏叹调是一种静态的模式，基本上是在沉思，通过沉思将心情传达给观众，也就是诗人所说的'沉思默想'（musing）。……从某种意义上来说，咏叹调令时间停止——咏叹调唱出的时候没有发生任何其他的事情，让我们能够体验人物的内心世界"[③]。如果从叙事时空的角度来阐释的话，那么，宣叙调主要在时间层面推动整个叙事进程，咏叹调则主要从空间维度展示叙事的瞬间状态。

在歌剧中主要承担叙述功能的宣叙调，又可以进一步

---

① 当然，还有介于宣叙调和咏叹调两者之间的"咏叙调"，这里存而不论："咏叙调在结构上是动感的、过渡的，在表现方式上是叙述与表情的混合。既然这是介于宣叙调和咏叹调之间的歌调，这两种歌调的特点它必然是兼而有之。首先是大多数的咏叙调的旋律强调贴近语言的自然声调和节奏，这就使作曲家在写作时的情感抒发成为在语言的抑扬顿挫基础上的展开，在这样的审美要求下，咏叙调一般不会采用四平八稳的周期性的结构，非对称、不平衡的松散句式更能显示出动态感。"在瓦格纳的乐剧中，咏叙调由以往的过渡性质发展为将咏叹调与宣叙调完全化合了的无终式歌调，已成为他的基本模式。现代音乐作品，不论声乐曲、歌剧乃至器乐曲，均广泛运用了咏叙调风格，如亨策的《情侣悲歌》、布里顿的《彼得·格雷姆斯》等。"（钱苑、林华：《歌剧概论》（修订版），上海音乐出版社 2014 年版，第 182 页）
② 钱苑、林华：《歌剧概论》（修订版），上海音乐出版社 2014 年版，第 134 页。
③ 卡罗琳·阿巴特、罗杰·帕克：《歌剧史：四百年的视听盛宴和西方文化的缩影》，赵越、周慧敏译，中国画报出版社 2020 年版，第 36 页。

分为"干念宣叙调"和"器乐宣叙调"①，无论是哪种宣叙调，其主要功能都在于叙述故事，进而推动整部歌剧的叙事进程。这里看起来似乎构成了一个悖论：尽管歌剧的叙事任务主要是由宣叙调承担的，但宣叙调在歌剧中只是一个"配角"，歌剧的精华、灵魂或高潮还在于咏叹调。之所以如此，是因为歌剧作为一种音乐主导的艺术作品，空间性的演唱和抒情性的声音才是衡量其效果的标准，而"作为一种音乐，宣叙调通常不被看好"②；至于歌剧中时间性的故事，对于真正的歌剧欣赏者来说可能并不那么重要，"他们可能对情节不了解，甚至可能不理解歌剧中的唱词（……在发出极端的声音时，唱词几乎总是会消失，就像被消耗掉了一样），但人类声音的力量仍然吸引着他们"③。事实上，歌剧叙事中的这个悖论性现象，即所谓的"词乐之争"，是理解歌剧并把握歌剧叙事的一个核心问题：歌剧叙事主要由时间性的宣叙调承担，而歌剧的灵魂或核心却归于空间性的咏叹调。也就是说，如果我们承认整部歌剧是一个叙事作品的话，那么，歌剧叙事本质上是一种空间叙事。

我们认为，歌剧的空间叙事本质主要还是和它的戏剧表

---

① 钱苑、林华:《歌剧概论》(修订版)，上海音乐出版社 2014 年版，第 136—151 页。

② 卡罗琳·阿巴特、罗杰·帕克:《歌剧史：四百年的视听盛宴和西方文化的缩影》，赵越、周慧敏译，中国画报出版社 2020 年版，第 39 页。

③ 卡罗琳·阿巴特、罗杰·帕克:《歌剧史：四百年的视听盛宴和西方文化的缩影》，赵越、周慧敏译，中国画报出版社 2020 年版，第 18 页。

演特征（"剧"）与音乐歌唱特征（"乐"）紧密联系在一起的。歌剧不是纯文字性的文学戏剧，其现场表演特征要求歌剧要有突出的造型感和较大的视觉冲击力。对于歌剧的戏剧表演特征，日本学者冈田晓生在研究朱塞佩·威尔第的歌剧《游吟诗人》时，曾引述维克多·雨果的《克伦威尔·序言》中的观点："雨果曾说：'戏剧是彻头彻尾供人欣赏的东西。''舞台是视觉的集中点。'不要用语言传达，让观众用眼睛去看！将一切情节展现在观众眼前！这就是雨果对戏剧的要求。"[1]"遵从雨果的剧作法则，将震撼的'画面'不断展现在观众眼前是不错的方法，因此他的戏剧大多接近默剧或者连环画剧，高潮一个接一个出现。雨果所构想的正是情节剧式的戏剧，《游吟诗人》完全符合这种特质。《游吟诗人》由四幕构成，副标题分别是'决斗''吉卜赛人''吉卜赛人之子'和'处刑'。这些戏剧化的副标题直截了当地展示出每一幕的情节，是……'决定性台词'式的副标题。"[2]说到"视觉的集中点"和震撼的"画面"，尤其是说到"决定性台词"，可谓击中了歌剧艺术的要害，触及了歌剧空间叙事的核心。

"决定性台词"是威尔第在写给剧作家安东尼奥·吉斯兰

---

[1]　冈田晓生：《高雅八卦：歌剧和情节剧的主角们》，佟凡译，北京联合出版公司2020年版，第75页。为保证叙述的统一性，引文中的"决定性的台词/画面"统一为"决定性台词/画面"。后同。
[2]　冈田晓生：《高雅八卦：歌剧和情节剧的主角们》，佟凡译，北京联合出版公司2020年版，第76页。

佐尼的信（1870）中所提出的一个重要概念："你知道 parola scenica 吧？我想说的是能让形势立刻变得明朗的台词。"冈田晓生认为 parola scenica 的意思是"让舞台生辉的台词"，可以翻译成"决定性台词"。[①]

　　说起"决定性台词"，我们马上会想到法国摄影大师布列松的"决定性瞬间"。面对正在消失的"现实"和一去不复返的时间，布列松认为："在所有的表现方法中，摄影是唯一可以凝固特定瞬间的。"[②] 在布列松看来，摄影作品所凝固的特定"瞬间"是内容与形式的高度统一，一张好的照片既是空间性的也是时间性的，既是"瞬间"也是"全部"，正如他所说的，"为了主题内容和形式的统一，必须严格制定与其相关的形式。我们应该在空间中针对被摄目标确定相机的位置，开始极其重要的构图。摄影对我来说是在现实中认识线条、块面和明暗变化的规律，用眼睛勾勒出主体，相机的工作就是将眼睛的决定表现到胶片上。拍摄一张照片如画一张画一样道出了全部。构图的作用是使视觉元素有机地协调起来。我们不能毫无根据地对画面元素进行组合，而且也不能让形式与内容相互毫无关系。在照片中，存在一个造型

---

① 冈田晓生:《高雅八卦：歌剧和情节剧的主角们》，佟凡译，北京联合出版公司 2020 年版，第 93 页。

② 亨利·卡蒂埃-布列松:《思想的眼睛——布列松论摄影》，赵欣译，中国摄影出版社 2013 年版，第 19 页。

因素，在它的作用下可以表现瞬间产生的运动轨迹"[1]。也就是说，一张存在一个好的造型因素（构图）的照片，"可以表现瞬间产生的运动轨迹"，因此它既是形式与内容高度统一的"瞬间"，也是一个活动或运动的"全部"。与"决定性瞬间"类似的说法，还有德国美学家莱辛的"最富于孕育性的那一顷刻"。莱辛认为，绘画本质上不擅长表现运动和时间，因而不适合叙事，但事实上绘画又常常需要承担叙事任务，当此之时，"绘画在它的同时并列的构图里，只能运用动作中的某一顷刻，所以就要选择最富于孕育性的那一顷刻，使得前前后后都可以从这一顷刻中得到最清楚的理解"[2]。

联系布列松和莱辛的相关说法，我们认为："决定性台词"是那种能够产生造型和画面感的有视觉冲击力的台词。朱塞佩·威尔第就是一位毕生追求"决定性台词"的歌剧作家。1846 年 9 月 4 日，威尔第在给剧作家皮亚威所写的信中说："你要有意识地尽量少用台词。少，但要让人印象深刻。"在1853 年 1 月 1 日写给塞萨尔·德·桑克蒂斯的信中，在提及《游吟诗人》的终场时则这样谈道："这部戏的核心……只有一句话，那就是复仇。而'母亲啊，我终于复仇了，真是令人骄傲！'太啰唆，用表达同样意思的'母亲！我为你

---

[1] 亨利·卡蒂埃－布列松：《思想的眼睛——布列松论摄影》，赵欣译，中国摄影出版社 2013 年版，第 23 页。
[2] 莱辛：《拉奥孔》，朱光潜译，人民文学出版社 1979 年版，第 83 页。

复仇了！'就可以。这样简洁的台词更容易为观众接受。"[1] 对此，冈田晓生这样评述道："他要的是像广告词那样'有冲击力''吸引眼球''能点燃舞台'的台词。威尔第不喜欢啰唆、文绉绉的剧本，他追求的不是标语政治，而是标语性戏剧。'我是骗你的！拉达梅斯还活着！'——安奈瑞斯[2] 毫不迟疑地说出这句话时很帅气，是恶女类情节剧女主角中数一数二的帅气角色。她美得令人怨愤，面对内心虚弱的情敌毫不留情地给出最后一击，像刀子般尖锐的傲慢台词很适合她。只要听到这句台词，她当时的动作就能鲜活地浮现在眼前，这就是非常'有画面感'的台词。"[3] 基于此，冈田晓生认为："不需要华丽的修辞，只需要最简洁直接的台词，还有任何人不用动脑就能看懂的简单故事。不只是威尔第，大部分浪漫主义剧场人都深知这些因素的重要性。比如 19 世纪 30 年代巴黎精明能干的剧院经理路易·韦洛就受到歌剧创作的强烈影响，他说：'大歌剧必须像芭蕾一样，让观众只靠眼睛就能理解。'恩斯特·特奥多尔·霍夫曼是德国浪漫主义的代表诗人，同时也是作曲家，他在《诗人与音乐家》这部短篇

---

[1] 冈田晓生：《高雅八卦：歌剧和情节剧的主角们》，佟凡译，北京联合出版公司 2020 年版，第 95 页。

[2] 拉达梅斯和安奈瑞斯都是威尔第歌剧《阿依达》中的角色，其中拉达梅斯是埃及将军，安奈瑞斯则是埃及国王的女儿，她深爱着拉达梅斯，但拉达梅斯实际喜欢的是安奈瑞斯的侍女阿依达——被囚禁在埃及的埃塞俄比亚公主。

[3] 冈田晓生：《高雅八卦：歌剧和情节剧的主角们》，佟凡译，北京联合出版公司 2020 年版，第 95 页。

小说中让登场人物说出了'对他（剧本作家）来说最重要的，是努力将故事的题材明确地展现在观众眼前。就算观众几乎完全看不懂台词，也必须能够从场面上大致看懂剧情'。歌剧中的台词本质上不过是补白，文本并不重要，眼前的场面和决定性台词才是歌剧的生命。"① 也就是说，对于歌剧而言，"台词不仅仅是语言，必须有画面感，要像抓拍一样截取戏剧中的一个瞬间。决定性台词可以直接用作宣传语或者写在海报上。最重要的是说出这句台词的情节剧女主角本身必须具备画面感，必须拥有不逊于决定性台词的'惊为天人'的美貌。……无论如何，演员的长相都不能平庸"②。总之，作为空间叙事类型的歌剧，所看重的是当下强烈的瞬间感动，是能够让时间停止的空间性叙事场景，那些过于看重细节并试图从时间逻辑理清剧情的人并不适合欣赏歌剧艺术。

歌剧中那种具有画面感的"决定性台词"，当然是由处于"静态的模式"之中的咏叹调唱出来的。正如前面所指出的，咏叹调并不推动故事的发展，而是悬置时间和情节，让空间性的舞台成为形式与内容高度统一而又包含"全部"剧情的"瞬间"，此情此景，不就是展现演员在舞台上演唱"决定性台词"时的一幅静态的决定性画面吗？也就是说，在歌

---

① 冈田晓生：《高雅八卦：歌剧和情节剧的主角们》，佟凡译，北京联合出版公司2020年版，第95—96页。
② 冈田晓生：《高雅八卦：歌剧和情节剧的主角们》，佟凡译，北京联合出版公司2020年版，第96—97页。

剧中，尤其是在歌剧的咏叹调中，"决定性台词"即"决定性画面"，亦即"决定性剧情"，这是歌剧艺术本质中的本质、核心中的核心。还是冈田晓生说得好："戏剧的感情达到高潮时会出现像抓拍照片那样让时间静止的瞬间。这就好比是歌舞伎中的亮相、歌剧中的咏叹调或者电影中用来作为剧照的截图。通过决定性台词和亮相动作让时间静止，让戏剧升华为一幅画。"① 无论如何，在一部成功的歌剧中，"一定会有决定性台词，让人听到后眼前就能浮现出决定性画面"②。否则就是创作失败的歌剧。

欣赏歌剧要看到"决定性画面"，创作歌剧则要创造出这样的画面。冈田晓生认为："有两种相互对立的剧作方法，一种是像古典戏剧一样首先构思出前后连贯的整体故事，基于情节的必然性思考'部分'。另一种则完全相反，首先考虑最有效果的场面，然后建立（编造）出整个故事。"③ 歌剧创作无疑属于后者。歌剧创作中的王者瓦格纳就深谙这种歌剧创作之道。

尼采在《瓦格纳事件：尼采美学文选》中认为："就本能而言，瓦格纳不是音乐家。其证据是，他放弃了音乐中的一

---

① 冈田晓生：《高雅八卦：歌剧和情节剧的主角们》，佟凡译，北京联合出版公司2020年版，第104页。
② 冈田晓生：《高雅八卦：歌剧和情节剧的主角们》，佟凡译，北京联合出版公司2020年版，第104页。
③ 冈田晓生：《高雅八卦：歌剧和情节剧的主角们》，佟凡译，北京联合出版公司2020年版，第109页。

切规则，确切地说，一切风格，以便把音乐变成他所需要的戏剧辞令、表现手段、强化表情姿势的手段、暗示手段、心理刻画手段。在这方面，我们可以承认瓦格纳是头等发明家和革新家——他不可估量地扩大了音乐的表达能力，他是音乐语言领域中的维克多·雨果。前提始终是首先承认，音乐也许可以不是音乐，而是语言、工具、ancilla dramaturgica（戏剧的奴婢）。"① 关于尼采和瓦格纳的历史事实是：尼采先是无限崇拜瓦格纳，后又极力反对他。抛开成见，我们认为：尼采的上述看法既包含真理，即瓦格纳"不可估量地扩大了音乐的表达能力"；也带有偏见，即"瓦格纳不是音乐家。……他放弃了音乐中的一切规则"——这种看法之所以是偏见，是因为歌剧本来就不能简单地等同于音乐，而是一种以音乐为主要表现手段的综合性艺术。尼采认为瓦格纳是一个"戏子"，即善于欺骗的表演者，"在瓦格纳那里，首当其冲的是一种幻觉，不是声音的幻觉，而是表情姿势的幻觉。为了后者，他才去寻找音调符号"②。"在安排情节时，瓦格纳首先也是个戏子。他置于首位的是一个具有绝对可靠效果的舞台、一种具有表情姿势的高浮雕（hautrelief）效果的action（动作）、一幕令人震惊的场面——他对此深思熟虑，

---

① 弗里德里希·尼采：《瓦格纳事件：尼采美学文选》，周国平译，上海译文出版社2017年版，第280页。
② 弗里德里希·尼采：《瓦格纳事件：尼采美学文选》，周国平译，上海译文出版社2017年版，第277页。

并从中引申出性格来。其余一切都遵循一种并不奥妙的技术经济学由之推演出来。"① 抛开固有的偏见，我们认为尼采对瓦格纳歌剧创作特征的把握还是相当准确的，即瓦格纳在创作歌剧时，首先要找到一种具有"高浮雕效果"的"令人震惊的场面"，亦即首先要找到"决定性画面"，在这个前提下，他才会构思歌剧的其他部分。正如冈田晓生所说，"瓦格纳置于首位的是'一定能打动观众的东西'，是'决定性画面'，然后他才会开始慢慢思考最能突出'决定性画面'的大纲和音乐。也就是说，瓦格纳的表达是连环画式的"②。而且，瓦格纳的这种创作方式不是个例，而是歌剧创作的规律或通则："不仅仅是瓦格纳的作品，歌剧这一门类的作品都是从部分高潮的咏叹调开始演绎出整个故事的。作者会首先构思出如画般的场面，然后思考如何让故事自然发展到高潮场面。"③ 这种首先构想出空间性的叙事场面——"决定性画面"，同时配合"决定性台词"，然后考虑其他叙事要素的叙事方式，不正是典型的空间叙事吗？

总之，尽管音乐的多媒介叙事主要遵循"语词优先"原则，但事实上也存在音乐领先于语词的叙事现象，歌剧就是

---

① 弗里德里希·尼采：《瓦格纳事件：尼采美学文选》，周国平译，上海译文出版社2017年版，第282页。
② 冈田晓生：《高雅八卦：歌剧和情节剧的主角们》，佟凡译，北京联合出版公司2020年版，第108页。
③ 冈田晓生：《高雅八卦：歌剧和情节剧的主角们》，佟凡译，北京联合出版公司2020年版，第108—109页。

体现这种叙事现象的典型艺术类型。概括起来说，我们认为：歌剧叙事本质上是一种以空间性的咏叹调为主导，主要通过"决定性台词"和"决定性画面"呈现故事场景，并辅以时间性的宣叙调推动叙事进程的空间叙事。

最后需要指出的是：音乐的多媒介叙事不是两种或两种以上叙事媒介的简单相加，而是多种媒介融合的一个有机的叙事整体。无论是相对简单的歌曲，还是比较复杂的歌剧，作为综合性、总体性的艺术，它们尽管不是单一媒介作品，却都是统一的、有机的、整全性的叙事艺术作品。

研讨专题

1. 音乐的艺术媒介是"叙事属性"不强的音符，那么，音乐是如何叙事的呢？音乐叙事有哪些基本类型？

2. 音乐的"多媒介叙事"与"跨媒介叙事"有什么本质区别？

3. 音乐多媒介叙事的主要原则是什么？音乐叙事为什么要坚持这个原则？

4. 为什么说威尔第的"决定性台词"具有"画面感"和空间叙事特征？"决定性台词"与布列松的"决定性瞬间"、莱辛的"最富于孕育性的那一顷刻"有什么样的内在关联？

拓展研读

1.保罗·亨利·朗:《西方文明中的音乐》,顾连理、张洪岛、杨燕迪、汤亚汀译,贵州人民出版社 2009 年版。

2.钱苑、林华:《歌剧概论》(修订版),上海音乐出版社 2014 年版。

3.卡罗琳·阿巴特、罗杰·帕克:《歌剧史:四百年的视听盛宴和西方文化的缩影》,赵越、周慧敏译,中国画报出版社 2020 年版。

4.冈田晓生:《高雅八卦:歌剧和情节剧的主角们》,佟凡译,北京联合出版公司 2020 年版。

5.弗里德里希·尼采:《瓦格纳事件:尼采美学文选》,周国平译,上海译文出版社 2017 年版。

6.保罗·罗宾逊:《歌剧与观念:从莫扎特到施特劳斯》,周斌彬译,杨燕迪校,华东师范大学出版社 2008 年版。